Ber

Lettre ouverte aux gourous de l'économie qui nous prennent pour des imbéciles

Édition augmentée d'une préface

Éditions Albin Michel

COLLECTION DIRIGÉE PAR JACQUES GÉNÉREUX

ISBN 2-02-059106-5
(ISBN 1re publication, 2-226-10835-1)

© Éditions Albin Michel S.A., 1999
et Éditions du Seuil, novembre 2003, pour la préface

Le Code de la propriété intellectuelle interdit les copies ou reproductions destinées à une utilisation collective. Toute représentation ou reproduction intégrale ou partielle faite par quelque procédé que ce soit, sans le consentement de l'auteur ou de ses ayants cause, est illicite et constitue une contrefaçon sanctionnée par les articles L. 335-2 et suivants du Code de la propriété intellectuelle.

www.seuil.com

« La théorie économique est vide. Et la réalité économique a encore plus horreur de la théorie que la nature n'a horreur du vide. »

(O. B.)

Préface à la présente édition

Depuis 1999, date de la première édition, un certain nombre d'événements méritent d'être relevés qui confirment les thèses exposées dans ce livre.

Le premier est « l'affaire Enron ». Enron est une escroquerie, certes, mais c'est d'abord une manipulation d'experts. Alors qu'en juillet 2000 les deux PDG d'Enron, Kenneth Lay et Jeff Skilling, empochaient des millions de dollars en vendant leurs actions, des milliers d'actionnaires attendaient d'être ruinés en écoutant les avis des analystes financiers, des agences de notation, des banques d'affaires, des journalistes économiques et financiers qui continuaient à considérer la firme comme « best of the best ». À quinze jours de la mise en faillite (la plus grosse faillite de l'histoire américaine après celle de World Com), une majorité d'analystes et une banque d'affaires, Goldman Sachs pour ne pas la nommer, encourageaient encore le peuple à acheter du Enron. Ces pauvres petits actionnaires et titulaires de plans d'épargne retraite d'Enron, vraiment pris pour des imbéciles, se retrouvèrent avec une action valant 1 dollar alors qu'elle en valait 90, moins de six mois auparavant, tandis que le staff supérieur d'Enron venait de se voter (oui, quinze jours avant la faillite !) une substantielle augmentation de salaire. Certes, à côté de « l'intox » il y a l'auto-intox : analystes, agences de notation, banques d'affaires, journalistes, experts-comptables, et milieux d'affaires fonctionnent en boucle, ou en meute : dès que l'un se met à hurler contre la bête, tous s'y mettent. Toutes les agences de notation encensèrent Enron, et du jour au lendemain toutes la dénigrèrent.

En janvier 2000 également, un des meilleurs experts et macroéconomistes français prévoyait un « CAC 40 à 10000 sans problème dans les six mois ». Six mois plus tard, le CAC avait perdu 60 % de sa valeur, et certaines entreprises plus de 80 %. Mais il est vrai qu'Irving Fisher, l'un des meilleurs économistes de son temps, pensait que « la valeur des actions avait atteint un plateau permanent » quelques jours avant la crise de 29, et que Keynes lui-même pensait que la guerre de 14 ne durerait pas longtemps, « les États n'ayant pas les moyens de la payer ».

Le deuxième événement important est la faillite de l'Argentine, suite au merveilleux plan mis en place par cet extraordinaire pompier pyromane, longuement vilipendé dans ce livre, qu'est le FMI. Tant que l'impéritie et le cynisme des gourous et des experts ne se traduisent que par des interviews jargonneux dans les télés, pas de quoi fouetter un téléspectateur, à qui l'on explique en général que le chômage est lié à son égoïsme s'il n'accepte pas la baisse des impôts des riches, celle de son salaire, ou la fin de son « privilège d'emploi » s'il est fonctionnaire. Mais parfois, l'impéritie et le cynisme débouchent sur des émeutes. Ce fut le cas en Argentine, après l'Indonésie, après d'autres. Depuis l'Argentine, j'avoue que la notion de « crime économique » commence à me hanter.

Le troisième événement est la remise du prix Nobel d'économie à Joseph Stiglitz, ex-chef-économiste de la Banque mondiale, ex-chef conseiller des économistes de Clinton, et sa publication de *La Grande Désillusion*[1]. Stiglitz est un économiste mathématicien extrêmement classique. Une fois de plus, comme nous le disons dans ce livre à propos de tous les grands économistes, il a craché le morceau après être arrivé au sommet. Il a rappelé ce

---

1. Joseph E. Stiglitz, *La Grande Désillusion*, Paris, Fayard, 2002.

que lui et d'autres chercheurs orthodoxes comme lui ont démontré maintenant depuis 25 ans, à savoir que le marché est inefficace et que le libéralisme n'a pas de fondement en théorie économique [1]. On doit également à Stiglitz un résultat essentiel, connu sous le nom de « paradoxe de Stiglitz », disant en substance que le marché, laissé à lui-même, ne peut améliorer son fonctionnement [2]. « Marché efficient » est donc un oxymore, démontre Stiglitz, après bien d'autres. Qu'on le sache depuis une trentaine d'années donne un certain relief à l'aventure des gourous-nobels Merton et Scholes que nous racontons.

L'« outing » de Stiglitz a le mérite de confirmer le rôle des gourous de l'économie mis ici en scène. Le premier reproche que Stiglitz fait aux experts est leur manque de connaissances économiques. Leur ignorance, il faut l'avouer, crasse. Dans le cas du FMI, c'est flagrant. Bien entendu, cette ignorance est proportionnelle à leur faconde, leur fermeté et leur rigueur. Malheureusement, l'ignorance n'est pas seule en cause. Parfois les « experts » accompagnent des privatiseurs et des récupérateurs de toutes sortes. L'histoire de la Russie racontée par Stiglitz ou Sapir [3] est exemplaire. Dans les « gourous » mis en cause dans la scandaleuse privatisation de la Russie, on

---

1. Le résultat fondamental démontrant que lorsque l'information est imparfaite l'équilibre concurrentiel n'est pas efficace (optimal au sens de Pareto) est dû à B. Greenwald et J. E. Stiglitz, « Externalities in economics with imperfetc competition and incomplete markets », *Quarterly Journal of Economics*, vol. 101, n° 2, mai 1986, p. 229-264. Mais, bien entendu, ce résultat, vieux comme l'économie, est dans la « Théorie générale » de Keynes, ou peut être associé, tout simplement, à l'équilibre de Nash d'un dilemme du prisonnier.

2. S. J. Grossman et J. Stiglitz, « On the Impossibility of Informationally Efficient Markets », *American Economic Review*, vol. 44, n° 2, 1980, p. 451-463.

3. Jacques Sapir, « Les économistes contre la démocratie », Paris, Albin Michel, 2002.

retrouve Lawrence Summers, actuel patron de Harvard, ex-chef des conseillers économiques de la Maison Blanche, ex-gourou de la Banque mondiale, secrétaire adjoint puis secrétaire au Trésor américain, ex-patron de l'HIID (Harvard Institute for International Development) qui joua un grand rôle auprès d'Eltsine et fut dissous après l'affaire russe. De l'action des gourous du HIID « résultèrent les sanglants affrontements d'octobre 1993. Ils furent à l'origine d'un retournement essentiel dans la trajectoire politique de la Russie depuis l'arrivée au pouvoir de Gorbatchev. C'est de ces événements que l'on peut dater l'involution démocratique de la Russie »[1]. Les experts passent, la mafia reste. On ne peut résister au plaisir de rappeler les conceptions économiques du gourou Summers concernant la vie humaine : « Les pays sous-peuplés d'Afrique sont largement sous-pollués. La qualité de l'air y est d'un niveau inutilement élevé par rapport à Los Angeles ou Mexico. Il faut encourager une migration plus importante des industries polluantes vers les pays moins avancés. Une certaine dose de pollution devrait exister dans les pays où les salaires sont les plus bas. Je pense que la logique économique qui veut que des masses de déchets toxiques soient déversées là où les salaires sont les plus faibles est imparable[2]. »

Imparable.

Ces déclarations continuent d'horrifier la plupart des gens sensés, mais elles ont le mérite de révéler le cœur du problème économique, problème, qui, comme disait Keynes, « devra un jour être ramené à la place qui est la sienne : l'arrière-plan ».

---

[1]. Sapir, *op. cit.,* p. 29.
[2]. Extraits cités par *The Economist*, 8/02/92, *The Financial Times*, 10/02/92, reproduits dans *Courrier International*, n° 68, 20/02/92, et par *Le Monde* du 19/05/92

Prologue

Messieurs qui parlez d'économie, ou plutôt qui vendez vos petites salades en les enveloppant d'économie – après tout, c'est un calcul qui en vaut bien un autre, peut-être même s'agit-il d'un calcul économique –, ce ne sera pas vraiment une lettre de félicitations. Et messieurs qui êtes des économistes, on ne vous félicitera pas non plus d'aller braire avec les baudets, ou de les laisser braire.

On ne vous félicitera pas, les uns et les autres, de votre conversion que l'on sent imminente. Vous adoriez le marché ? Vous allez le brûler. Vous haïssiez l'État ? Vous le réclamez. Vous avez détesté les contrôles des capitaux ? Vous appelez à un nouveau « Bretton Woods ». Vous ne juriez que par les « pays émergents » ? Voici que ces merveilles de croissance, abreuvées de capitaux, n'étaient que dragons de papier et baudruches de familles mafieuses ! Vous encensiez la vente à l'encan et l'équarrissage des défunts pays de l'Est ? Vous hurlez au manque de poigne ! Vous ne juriez que par le « trop d'impôt tue l'impôt » ? Voilà que vous reprochez à la Russie de n'en pas collecter assez ! Vous applaudissiez à la flexibilité et à l'abaissement du coût du travail ? Les plus bornés et les plus sectaires d'entre vous (les « experts » de l'OCDE pour ne pas les nommer) confessent que le coût du travail n'est pas responsable du chômage ! Et voilà que certains en sont à réclamer de l'inflation[1] !

---

1. Un professeur Blanchard du MIT, dans *Libération*, 23 novembre 1998.

Le manque de vergogne procure les vertiges du manque.

Certes, renier sa parole fut la chose la plus humaine dès que purent chanter les coqs. Mais chez vous, le retournement de veste et l'explication à tout et à son contraire par les mêmes causes sont consubstantiels. Professionnels si vous préférez.

C'est tout de même incroyable... Comment pouvez-vous, sans risques, sans conséquences, vous renier à ce point ? Pourquoi utilisez-vous l'économie pour vendre des salades ? Et pourquoi vous laisse-t-on utiliser l'économie comme argument de vente, à côté du sourire idiot ou du tour de poitrine de la crémière ?

Au fait, qui êtes-vous ? De quel droit parlez-vous d'économie, c'est-à-dire des « affaires de la maison » ? Qui vous a faits rois en cette fin de siècle, sermonnant, affirmant, bavassant de « théorème » grotesque (le théorème de Schmidt ! « Les profits d'aujourd'hui sont les emplois de demain ! » Vingt ans que les profits augmentent et le chômage aussi !) en loi fatidique comme la « loi de l'offre et de la demande » ? Êtes-vous de nouveaux augures, avec les mêmes entrailles bleutées à examiner que vous dénommez « statistiques », des prêtres ou les vierges d'une nouvelle religion, où le Saint-Esprit s'appelle le Marché, comme le murmurent à confesse certains d'entre vous[1] ? Des employés en communication ? Des publicitaires, plutôt mal payés, des puissants de ce monde ? Des médecins de Molière, de simples escrocs ? Des sophistes – le bagout de Gorgias et la noblesse d'Hippias en moins ? Des jésuites appliqués – non, car vous aimez le travail bâclé, l'argument ficelé en hâte, et toujours le même, « la loi de l'offre et de la demande et la confiance », pour expliquer la hausse de la Bourse, la baisse de la Bourse, ou la hausse du chômage, ou la baisse du chômage. Et puis les jésuites avaient une autre gueule :

---

1. « L'économie dévoilée », *Autrement*, n° 159, novembre 1995.

Prologue 13

le père Lavalette, flibustier en soutane, les conseillers du Céleste Empire, les missionnaires du Paraguay, effacent largement tous les experts du FMI et de la Banque Mondiale réunis (ne parlons pas des clones déjà cités de l'OCDE).

Êtes-vous des ânes couverts d'une peau de lion ? Des lions qui jouent Peau-d'Âne ?

On a envie de comprendre. Pourquoi cette science économique, partie de si haut, de la philosophie et de la logique, de Ricardo, de Marshall, au temps où il la constituait patiemment en science autonome à Cambridge avec l'appui du logicien Sidgwick, et suppliait Keynes, dont il pressentait le génie, de faire une thèse d'économie et non une thèse de maths (et Keynes fit les deux), est-elle descendue au niveau du brouhaha de réfectoire, avec quelques pions qui gueulent plus fort, comme si la physique des Foucault s'était abaissée au radotage des madames Irma contant l'avenir avec un pendule ?

Comprendre pourquoi vous terrorisez autrui de votre langage abscons – « Abscons comme un discours d'économiste », disait-on déjà au temps de Louis XV et des physiocrates… « L'économie ? Je n'y comprends rien ! » Trouvez un seul citoyen qui prétende le contraire !

Êtes-vous vraiment dupes ? Êtes-vous des « salauds » sartriens, conscients de votre rôle, de votre ignorance, et du travestissement de votre ignorance ? De simples nigauds pour les uns, gardiens du mensonge, comme d'autres gardent les coffres des banques – alors, dites-le : personne n'a jamais songé à incriminer un policier de sa besogne ; même un kapo trouvera grâce aux yeux des survivants. Des Ponce Pilate qui pigent à la télé pour les autres ?

Peut-être croyez-vous sincèrement à ce que vous dites ; franchement, pour vous, on espère que non. Peut-être la vie va-t-elle trop vite pour vous aussi, et êtes-vous obligés de cracher vos analyses comme d'autres animaux crachent leur lait à la trayeuse ou leur sève anémiée dans leurs éditos quotidiens, par manie, radotage technique, parce que vous êtes à la chaîne de la communication, misérables travailleurs atomisés de l'information. Parce qu'il faut vivre. Ou survivre. Par « divertissement », pour vous faire un peu d'honneur et vous renvoyer à celui qui était fasciné par les jésuites.

C'est le mot « élevage en batterie » qui vient à l'esprit, en voyant la similitude de vos analyses, le ronron inlassable de ce que vous demandez aux hommes : servitude, flexibilité, souplesse, expiation sous « la dure et juste loi des marchés financiers », titre expiatoire d'un quotidien du soir… Les moines de l'Inquisition avaient plus de subtilité.

Oui, retourner sa veste et vendre sa salade sont choses bien humaines. Mais trahir sa parole de clerc, de savant, de chercheur, de spécialiste, d'analyste, voilà qui est plus choquant. Voilà ce dont on va vous demander compte pour comprendre pourquoi le marché des « experts », des « politiquement corrects » et des « gourous » est à la hausse.

Oui, vous les économistes, les vrais. Pourquoi ne dites-vous pas tout ce que vous savez ?

Car si vous êtes économistes, vous ne pouvez tolérer l'intolérable : la faconde ignare du discours expert. Le discours qui fleurit de la bouche du dernier des Camdessus au premier des chefs économistes d'une maison de courtage. Le discours qui dit blanc lundi et noir mardi, et vert mercredi, quand les clignotants y passent. Et bleu radieux toujours, de la couleur du Marché.

Et vous, messieurs les experts, il va falloir nous expliquer ça : qui êtes-vous pour avoir le droit de vous tromper et de tromper, de mentir, d'invoquer la transparence au temps de l'argent noir et de l'opacité, de prier la confiance, de pousser des cris d'alarme, de chanter les louanges de la dérégulation un jour, de la régulation le lendemain et aussi bien le contraire ?

De quel droit pouvez-vous dire autant de bêtises au mètre carré en toute impunité ?

Voilà la vraie question : pourquoi pouvez-vous dire n'importe quoi ?

Pourquoi l'Économie, Science, avec ses fastes, ses Nobel et ses pompes, est-elle la seule qui soit autorisée à raconter les plus invraisemblables fantasmagories ?

Les médecins n'ont pas la liberté de se tromper, les ingénieurs, les conducteurs de train même, qui risquent la prison, et les économistes auraient tous les droits, arroser la mafia et regretter de le faire, saigner des peuples et détruire des droits, et toujours raconter l'endroit et l'envers, et d'ajouter qu'ils n'y peuvent rien ? Et resurgir, encore et encore, pour se tromper de mauvaise foi d'économiste et mentir en toute honnêteté d'expert ?

Et ricaner comme Attali, caricature d'expert, qu'un économiste est *« celui qui est toujours capable d'expliquer le lendemain pourquoi la veille il disait le contraire de ce qui s'est produit aujourd'hui »* ? Qu'est-ce que cette définition sinon celle du bouffon ?

On va vous demander des comptes – c'est la moindre des choses dans la science de l'utile et du quantifiable.

Et d'abord, à tout seigneur tout honneur, vous les savants, les prix Nobel, les grands professeurs, les meilleurs économistes de France ou de Midi-Pyrénées ! Vous qui savez que la théorie économique contemporaine a pulvérisé le libéralisme et n'osez pas le dire, qui savez que les mots « efficacité », « équilibre » ou « optimum » n'ont plus de sens, et qui laissez enseigner en latin une religion par des intégristes et le Ku Klux Klan rôder dans les universités.

Pourquoi toujours vous taire ? Pourquoi laisser dire ?

C'est le naufrage des prix Nobel Merton et Scholes à bord de leur Hedge Fund[1] qui vous fait peur ? Au

---

[1]. Prix Nobel d'économie 1997 avec Black. Codirigeants du fonds spéculatif *Long Term Management Capital*, en faillite début octobre 1998. Voir chap. 8.

contraire ! Il devrait vous libérer ! Barre pagnolisé jusqu'à la couillonnade, et Merton et Scholes en faillite, voilà qui soulage !

Et vous les gens du chiffre... Les agitateurs de crécelles statistiques, les manieurs de sommes mirobolantes, les jongleurs des taux, les illusionnistes des milliards de dollars et du chômage redéfini vingt-cinq fois en vingt ans comme en Angleterre (il a fini par décroître), les prévisionnistes qui cherchez l'avenir avec une aiguille dans la nuit et une chandelle dans la meule de foin... Les grugés du taux de croissance et les augures arborant fièrement leurs cornes...

Vous, les « chercheurs » des organismes à la botte, jamais fatigués de cirer, remontant sans cesse le rocher de leurs erreurs, pauvres Sisyphe de l'équation... Vous, les conseillers du Prince, les *chief economists*, les membres du Conseil d'analyse économique, les premiers couteaux pour poignarder dans le dos tout ce qui peut aller à l'encontre des puissants (on crachouille un petit rapport contre la taxe Tobin[1] et on en ficelle un second, en hâte, pour justifier les fonds de pension)... Les spadassins du rapport bâclé mais qui tue... Et quand un rapport n'est pas à la botte, on ferme l'organisme de recherche (le CERC) ou on vire celui qui l'a fait (Guaino[2]).

Vous n'en avez pas marre d'être les ventriloques du pouvoir ? La voix de son maître ? Et vous n'en avez pas marre de laisser utiliser l'Économie (É majuscule : des gens très bien ont parlé d'économie, Marx, Keynes, mais aussi Walras) par des clowns ? Tristes en plus ?

Quand on en a fini avec les savants et les « chercheurs », quand on a compris pourquoi ils se taisent, quand on

---

1. Le rapport Davanne, novembre 1998. La taxe Tobin veut taxer les capitaux spéculatifs. Voir chap. 11, p. 90.

2. Commissaire au Plan remercié pour avoir démontré que 7 à 8 millions de Français étaient en situation de précarité.

découvre, émerveillé, l'aveu d'impuissance de la vraie science économique, on peut exécuter les « experts ».

Oui, ces « experts », qui ont dénaturé l'Économie en un fonds de commerce ésotérique, rebouteux et magnétiseurs, guérisseurs, marabouts, liseurs dans le marc de café, astrologues du CAC 40, devins des bouillies économétriques et des courbes de chiffres directement sorties de l'estomac des ordinateurs, gourous, gestionnaires, analystes, chartistes... Prêtres d'une religion sans foi ni loi sauf celle de la jungle – et qui ignorent, bien entendu, la signification de la « loi de l'offre et de la demande », n'ayant jamais lu Walras ; ne parlons pas de Debreu[1] – philosophes des snack-bars comme George Soros ou des salons en plastique comme Guy Sorman.

L'expert est la bête noire de ce livre.

Avec quelques autres : ceux qui causent sans pudeur dans le poste, ignorants drapés dans la « Science » et d'une nullité astronomique en direct de la Bourse, et en temps réel, s'il vous plaît ! Les aboyeurs, les sergents recruteurs de la guerre économique, les embusqués qui braillent à la flexibilité, les cumulards des jetons de présence qui veulent supprimer le SMIC, les planqués donneurs de leçons, les nantis hurlant aux privilèges, les idéologues du libéralisme, plus verrouillés que ne le furent les crânes de fer de l'idéologie marxiste, les staliniens du marché.

Quand on en a fini avec les repentis de la théorie, les apostats de l'Économie pure mathématique, les plus grands qui reconnaissent qu'ils sont dans une impasse totale, et quand on a daubé ces Merton et Scholes, Nobel 1997 ma chère ! ridiculisés dans la spéculation, apôtres niais et bouffeurs du cadavre de la théorie pure, on peut

---

1. L. Walras (1834-1910), père de « la loi de l'offre et de la demande », à travers sa théorie de l'équilibre général. G. Debreu (prix Nobel d'économie 1988), l'un des premiers à avoir démontré l'existence d'un équilibre général.

étriller sans vergogne ce Camdessus à la potion amère qui se vante, sans malice, de diriger les « meilleurs économistes du monde ». On va vous soigner, les « meilleurs »… On va vous soigner avec vos compères, les pseudo-repentis de la Banque Mondiale, faussement honteux d'avoir jeté de l'argent à tort et à travers, pavé l'Afrique d'éléphants blancs et les murs de la BERD de marbre. Et doré les dents des mafias. Et quand on en a fini avec les Diafoirus du FMI et les Patin de la Banque Mondiale, pas besoin de lever les yeux vers les bonnets pointus de l'OCDE, avec leurs clystères et leurs théorèmes du destin de la flexibilité appliqués aux autres.

Les experts dévoilés, mis à la lumière du jour comme l'Ami et ses vampires[1], on sourit, on respire.

On souffle. On peut enfin se poser les vraies questions : De quoi parlent les économistes ? À quoi servent les économistes ? Qui t'a fait roi, l'économiste ?

Où est ta place ? Sur le pont ? Ou dans la soute, d'où tu n'aurais jamais dû sortir ?

À quoi sers-tu, l'économiste, quelle est ton utilité, toi l'apôtre de l'utilitarisme ?

---

1. L'Ami (Accord multilatéral d'investissement) était négocié en douce par l'OCDE. L'Ami n'a pas supporté la lumière. L'OCDE non plus.

1

Deux génies et un mécanicien

En économie, il y a deux génies. Marx et Keynes. Les deux se sont efforcés d'expliquer le capitalisme et ses « lois », l'un par la concurrence et l'exploitation des faibles, l'autre par la psychologie et l'attitude face à l'argent et à l'incertain (le second ignorant d'ailleurs royalement le premier). Mais la science économique, 99 % de ce qui est enseigné, 99 % de ce qui fonde la « recherche », ce n'est ni Marx ni Keynes, c'est Walras. « Au commencement était Walras », dit un des papes de la science économique en France, A. d'Autume. Il a raison.

Walras est le premier à avoir conceptualisé et décrit analytiquement un marché et posé la question de l'harmonie sociale lorsque des individus échangent. Le premier à avoir posé mathématiquement la question de la « main invisible » dont Adam Smith et Montesquieu[1] eurent l'intuition : que de l'égoïsme de chacun naît le bien-être de tous, et, dès lors, une harmonie et une paix sociale. Que le marché est « efficace ». Que le marché donne le maximum de bonheur et de richesse. Que le marché donne le meilleur des mondes parmi les mondes possibles : ce que les économistes appellent l'« optimum ». La meilleure situation possible.

---

1. Et d'autres. Mandeville, par exemple.

D'une certaine manière, Walras a posé le « théorème de la main invisible ». Ce théorème que M. Camdessus rappelle toutes les cinq minutes, en citant Smith[1].

Walras n'a pas su résoudre ce problème.

Allez... ne boudons pas. Disons qu'il y a un troisième génie, un mécanicien de génie, Walras. Walras croyait en la « mécanique sociale », la possibilité d'appliquer la physique à la vie sociale[2]. Il pensait que les marchés (tous les marchés, des tomates, des melons, du pétrole, du travail, des moulins à café, des voitures et tant d'autres), agissant simultanément, conduisaient à un « équilibre ». Une harmonie générale. Une paix sociale où tout le monde était d'accord. Il postula pour le prix Nobel de la paix au nom de sa théorie.

Il n'a jamais pu démontrer que les marchés conduisaient à un équilibre, ni que les marchés répartissaient au mieux les richesses. Que l'économie de marché était la plus « efficace ». C'est Debreu, et d'autres, qui le démontrèrent près de cent ans plus tard. C'est l'histoire de Neptune (observée par Galle après la conjecture de Le Verrier) à l'envers : Debreu découvrit que le marché, non content d'exister réellement, avait un sens théorique. Reconnaissons qu'il validait logiquement le problème posé par Walras : ce problème avait bien une solution.

Debreu axiomatisa l'économie pour y parvenir. Ça valait bien un Nobel.

Le 10 mars 1984, *Le Figaro-Magazine* avait extorqué – on le lui souhaite – à Debreu, par la bouche de Guy Sorman, l'une des phrases les plus sottes ou les plus mal-

---

1. Et en se trompant. Lire chap. 11, p. 87-88.
2. Là encore, il ne fut pas le seul ! Edgeworth écrivit un *Mathematical Psychics,* tout un programme. Et ce n'est pas pour rien qu'en France ce sont les X-Mines (Allais, Debreu, Malinvaud...) qui portent le flambeau de la science économique. Et s'il n'y avait qu'un génie à choisir dans le genre, ce serait Cournot, théoricien de l'équilibre et philosophe du hasard.

honnêtes (rayez la mention inutile) de mémoire d'économiste : « J'ai démontré mathématiquement la supériorité du libéralisme. » S'il s'agit de dire que le problème posé par Walras n'est pas toujours, absolument toujours, sans solution, oui. S'il s'agit de dire que l'équilibre simultané sur tous les marchés, le système de Walras, peut être exceptionnellement, avec une probabilité aussi faible que de gagner au Loto, le meilleur, oui.

En fait, Debreu n'a pas démontré la supériorité mathématique du libéralisme. Il a démontré le contraire.

Et ça, les économistes le savent. Depuis vingt ans. Et ils ont le devoir de le crier sur les toits. En tout cas, je vais le faire.

Patience, ami lecteur. Ça vaut le détour. Ça vaut le détour de comprendre pourquoi une phrase comme « le marché est efficace » est une foutaise.

Pourquoi a-t-on mis si longtemps (presque cent ans) à résoudre le problème posé par Walras ? Parce que c'est un problème d'interdépendance incroyablement compliqué. Walras prenait comme image du marché la Bourse, et se posait la question de l'équilibre simultané sur une multiplicité de marchés fonctionnant en même temps. Le marché du pain, du vin, de l'eau, du blé, des engrais, des tracteurs, des voitures, des garages, du logement, etc. : de proche en proche, on peut décrire la société, et de proche en proche, tous ces biens sont substituables, car plus j'achète de pain, moins j'achète de confiture, ou de services d'avocat, ou de voitures. Il est extrêmement difficile de résoudre ce problème de l'équilibre simultané des marchés. Walras ne disposait pas de l'outil mathématique adéquat. En fait, sans le savoir, il avait « posé » l'un des théorèmes les plus célèbres et les plus esthétiques[1] de l'histoire des mathématiques, le théorème de Broüwer, le

---

1. Qualificatif adoré des mathématiciens, pour qui la beauté est un privilège, réservé à une demi-douzaine d'élus (environ).

théorème que Debreu utilisa précisément pour la démonstration !

« La loi de l'offre et de la demande qui joue sur tous les marchés » est, d'une certaine manière, le théorème de Broüwer ; le théorème qui, précisément, démontre l'existence d'un équilibre simultané sur tous les marchés.

Le théorème de Broüwer existe, donc un équilibre général simultané sur tous les marchés existe[1]. Applaudissez. Pas trop longtemps. Car...

Car huit ans après, Debreu porta des coups fatals à son propre enfant. En 1974. Après son article de 1974[2], il faut désormais rire au nez des malheureux qui glapissent que le système Walras-Debreu est une « théorie » de la concurrence, et partant une sorte de « science » du libéralisme.

Voyons comment Walras avait posé son problème de la « loi de l'offre et de la demande » partout, sur tous les marchés.

Comment Debreu l'a résolu. Et comment Debreu a tout cassé.

1. Walras avait comme image du marché la Bourse, le « marché par excellence ». Un lieu, des offreurs, des demandeurs, des enchères, des prix, mais, surtout, quelque chose d'extérieur au marché : un « crieur de prix », l'État, l'organisation, le centre, la « loi », l'ordinateur de compensations, la Commission des opérations de Bourse, que sais-je : quelque chose qui n'appartienne pas au marché et qui fixe la règle du marché (par exemple, interdiction d'échanger en dehors de l'équilibre – entre mille autres règles) et les prix. Déjà, l'existence de ce « quelque chose » qui annonce les prix hors marché est le « talon d'Achille

---

[1]. Et inversement. Merci au professeur Frayssé pour cette subtile remarque.

[2]. « Aggregate Excess Demand », *Journal of Mathematical Economics*. Voir Guerrien, *La Théorie néo-classique*, 3e éd., Paris, Economica, 1989, p. 170 et suiv.

de la théorie » (Arrow, prix Nobel 1972), sa blessure définitive. Le marché en soi, seul, le marché comme totalité, n'a pas de cohérence. N'a aucune valeur, ni conceptuelle ni réelle. Avis aux nigauds qui croient que les marchés, laissés à eux-mêmes, ont des humeurs, des vapeurs, et dirigent le monde. Avis à ceux qui croient en la « démocratie des marchés », à la « dure loi des marchés », à la « tyrannie des marchés » et autres nigauderies. Aucun économiste ne conteste cette faille, même pas Friedman, qui raconte en se tapant sur les cuisses que rien n'a été inventé depuis Adam Smith (oui, vraiment de quoi rire).

Oublions ce « détail » du crieur de prix et de la règle du marché. Admettons que le Saint-Esprit fixe les prix et la règle, amen.

Admettons un monde de concurrence à la Walras-Debreu, un monde d'« abrutis rationnels[1] » comme dit Amartya Sen (prix Nobel 1998), un monde de « petits paysans qui ne font que des échanges occasionnels » (T. Koopmans, prix Nobel 1975), un monde d'égoïstes primaires, d'ahuris, débiles, bornés, occupés à regarder leur nombril et leurs dilemmes coûts-avantages, n'ayant aucune finesse, intelligence, psychologie, émotion, sympathie, relation d'amitié, de complicité, de ruse, de séduction, d'amour ou de haine avec autrui, ne cherchant jamais à savoir ce que pensent les autres, ignorant tout, les habitudes, les coutumes, les politesses, absolument tout de ce qui les entoure sauf des signaux – les prix –, réagissant encore plus mécaniquement que des chiens de Pavlov et complètement crétins comme des calculettes ou robotisés comme des économistes mathématiciens. Un monde où les individus ont la liberté des « rouages dans la mécanique de l'horloge » (René Passet ; Walras était le grand « horloger du social », ne l'oublions pas). Un monde de gens prédéterminés par l'équilibre ; déjà à l'équilibre. Et nombreux (la concurrence). Admettons.

---

1. *Rational fools.*

2. Il faut, pour qu'existe un équilibre, que les fonctions décrivant les offres et les demandes de ces braves gens, la « loi de l'offre et de la demande » (si un prix augmente, j'en veux moins), satisfassent certaines conditions. Que sait, au moins, quelqu'un qui ne comprend rien à l'économie ? Que si les prix augmentent, l'offre augmente ; et si les prix augmentent, la demande diminue. Et vice versa. C'est « la loi de l'offre et de la demande ». C'est toute la science économique, ami lecteur. Debreu a trouvé la forme des fonctions qui décrivaient « la loi de l'offre et de la demande » et donnait une solution au problème de Walras. Pas plus. Pas moins. Debreu a dit : « Si la loi de l'offre et de la demande se présente bien, le problème de Walras est cohérent. Il a une solution. »

Mais Walras espérait beaucoup plus.

Walras espérait que les marchés (encore une fois « la loi de l'offre et de la demande » ou « la main invisible ») conduisaient, guidaient vers l'équilibre. L'harmonie sociale. La paix civile de Montesquieu.

Mais même si un équilibre existe, qu'est-ce qui dit d'abord qu'il sera unique ? Ensuite qu'on l'atteindra, bref, que l'offre et la demande conduiront à l'harmonie collective ? L'espoir de Walras était que l'équilibre était unique et stable. On y allait, pénard. On parvenait, tôt ou tard, à l'harmonie sociale. Sir John Hicks (prix Nobel 1972) s'est épuisé à chercher des fonctions qui devaient conduire « naturellement » (eh oui : si le marché est « la nature », ce que pense un grand penseur comme M. Minc, notamment, il faudrait que « naturellement » il aille à l'équilibre) à un équilibre, l'équilibre de concurrence. Il n'y est pas arrivé. D'autres ont essayé et s'y sont épuisés plus rapidement que lui.

Pourquoi ? Pourquoi les économistes s'épuisaient-ils, en vain, les uns après les autres, à montrer que « la loi de l'offre et de la demande », « la main invisible » animée malgré eux par des individus égoïstes et indépendants, conduisait à l'équilibre ?

La réponse est lumineuse : parce que le marché ne conduit pas, naturellement, à l'équilibre.

Keynes l'avait pressenti dès 1936. Mieux : il avait décrit, et en prenant l'image de la Bourse lui aussi, un système sans équilibre, un perpétuel mouvement de foule.

Un autre économiste, Sonnenschein[1], a sorti ses confrères de l'impasse en renversant le problème. Il est arrivé à la conclusion que, contrairement à ce que l'on croyait, il n'était pas possible de définir une « loi de l'offre et de la demande » correcte, conduisant à un équilibre unique. Il a démontré que l'équilibre pouvait résulter d'une loi de l'offre et de la demande totalement aberrante. Il en a déduit immédiatement qu'il n'est pas possible de déduire des comportements normaux de nos « idiots rationnels », des conditions « correctes » sur la forme de leurs offres et de leurs demandes, correctes au sens où ces offres et ces demandes conduiraient, comme le bon sens le voudrait, à un équilibre.

Conclusion : le système de Walras n'est pas harmonieux et stable, il est totalement instable. Totalement catastrophique. Explosif ou implosif. S'il existe des équilibres (oui, ça existe, Debreu l'a démontré), sauf si l'on tombe dessus, on ne les atteint pas. Et si l'on tombe dessus, on s'en éloigne. Si les mots « marché » et « loi de l'offre et de la demande » ont un sens, ils signifient bizarreries, aberrations, déséquilibre, indétermination, destruction, pagaille, capharnaüm. Bordel. Le marché est un vaste bordel.

Debreu a confirmé les résultats de Sonnenschein. Comme souvent en recherche, leurs résultats ont été produits en même temps. C'était à la fin des années 70.

Il y a vingt ans que l'on sait que le modèle de concurrence est dans une impasse totale et qu'il n'en sortira

---

1. « Do Walras Identity and Continuity Characterize the Class of Community Excess Demand ? », *Journal of Economic Theory*, 1973. Voir également Guerrien, *Dictionnaire d'analyse économique*, Paris, La Découverte, 1996, p. 457.

jamais. Aucun économiste digne de ce nom ne peut prétendre à ce que le modèle d'équilibre général ne soit pas définitivement mort et enterré. Seule une personne dotée d'un fort sens de l'humour ou un ignorant peut écrire « la spéculation est stabilisante », dans une note du ministère de l'Économie et des Finances, pondue *ad hoc* pour tuer dans l'œuf un projet de taxation des capitaux spéculatifs[1]. Plus personne ne s'intéresse au problème de Walras. La loi de l'offre et de la demande qui conduit à l'équilibre, vive la loi, vive la paix civile, faites du marché pas la guerre, oucaïdi-oucaïda, c'est tout juste bon pour Sorman et les gâteux du libéralisme.

Ira-t-on cracher sur la tombe ?

---

1. En octobre 1998.

2

Ira-t-on cracher sur la tombe ?

On ne va pas se gêner. Car ce n'est pas tout. Les économistes sont friands de théorèmes, mais, malheureusement pour eux, ils démontrent des théorèmes d'impossibilité. Le théorème de Sonnenschein en est un. Le théorème d'Arrow un autre, qui prouve l'impossibilité de passer des choix individuels aux choix d'une collectivité. Le théorème de Lipsey-Lancaster un autre. Le théorème de Nash n'est pas un théorème d'impossibilité, c'est un théorème d'existence d'équilibre, mais qui tue le concept de marché « efficace ».

Ces deux derniers sont très importants. Ils portent encore un coup terrible au modèle de concurrence, le deuxième, et méritent eux aussi le détour. C'est plus que la paire de gifles au cadavre. En substance, le premier (Lipsey-Lancaster) dit que la concurrence est un tout ; et le second (Nash), que le marché ne donne pas l'optimum. En français : *l'équilibre de marché est la pire des solutions*. Frottez-vous les yeux et relisez : l'équilibre de marché est la pire des solutions.

Au fait... Pourquoi faudrait-il aller vers un système de concurrence ? On touche du doigt une des propriétés clefs de l'équilibre de Walras, dont il avait eu l'intuition, après Smith. La propriété d'« optimalité ». Les marchés concurrentiels produiraient le mieux, le maximum de richesse, et la répartiraient, pour des conditions historiques données, de la meilleure manière. On dit qu'il y a « optimalité au sens de Pareto ». Maurice Allais doit son Nobel au fait, entre mille travaux, d'avoir creusé la notion d'optimum au sens de Pareto.

Cette propriété d'optimalité du marché, confessons-le, est fascinante. Elle dit : si l'offre est égale à la demande, si le marché a bien fonctionné, alors le bien-être social est maximal. Les consommateurs sont au sommet de leur félicité notamment.

Elle colore définitivement la « science » économique d'un contenu normatif : il faut de la concurrence ; la concurrence est bonne ; laissez faire, laissez passer.

Elle guide toute la politique économique, elle est, avec l'axiome de Montesquieu, au cœur de l'idéologie libérale : laissez faire, et vous aurez le maximum de richesse et la paix, car « les nations commerçantes ont les mœurs douces[1] ».

Donc le maximum de richesse par le marché. C'est une interprétation abusive de l'optimum de Pareto. L'optimum de Pareto dit simplement qu'un équilibre de marchés ne peut permettre d'augmenter le bonheur de quelqu'un sans diminuer celui d'autre. Une société où quelqu'un a tout et tous les autres rien est un optimum de Pareto[2]. Un optimum de Pareto ignore l'Histoire, l'origine des richesses des individus. Mais passons. Admettons même, comme la vulgate libérale, comme le dernier lecteur de la lettre du Medef, qu'un marché donne le maximum de richesse.

Voilà, répétons, pourquoi la théorie de Walras connut – et connaît encore chez les aveugles – un tel succès. Parce que l'équilibre général est aussi un optimum social. Parce que le marché est le « meilleur des mondes[3] ». Entre plu-

---

1. Tu parles ! Voir l'histoire de l'Angleterre.
2. On ne peut augmenter la satisfaction de l'un sans diminuer celle de l'autre.
3. Ça ne vous rappelle rien ?

sieurs situations possibles, l'équilibre donne la meilleure situation, qui maximise les productions et les consommations. Comment ne pas souhaiter aller vers le meilleur des mondes ? Vers toujours plus de concurrence ? Toute la maniaquerie dérégulatrice qui empoisonne la vie des hommes depuis que le capitalisme les fait manger, boire, penser et dormir est dans cette équivalence équilibre-optimum. La vieille intuition d'Adam Smith.

Et maintenant, Lipsey-Lancaster.

Les économistes savent qu'on n'a pas le droit – logique, épistémologique, moral – de déréguler. De faire comme si plus de concurrence allait nous approcher du système idéal de Walras. De faire comme si on pouvait aller petit à petit vers la concurrence. « Pas à pas » en quelque sorte. Ils le savent depuis Lipsey et Lancaster[1].

La concurrence est un tout. Ou tout est concurrence pure et parfaite, ou rien. On ne peut pas aller petit à petit vers la concurrence pure et parfaite. Corollaire : M. Camdessus est un âne. Si l'on s'amuse à supprimer certaines entraves à la concurrence, paradoxalement, on s'éloigne de la solution de concurrence. Bref, mieux vaut ne pas toucher à un monopole, si d'autres monopoles (ou d'autres entraves à la concurrence, biens collectifs, des biens qui peuvent être consommés simultanément par tous les consommateurs, comme le bouclier nucléaire français ou la trombine de PPDA, barrières douanières, prix contrôlés, prix minima, etc. : des milliards d'entraves à la concurrence peuvent être listées) subsistent. La concurrence, répétons-le, est un tout. Une totalité. Il est irrationnel d'aller pas à pas vers la concurrence.

Et pourtant... N'importe quel type de bon sens accoudé au comptoir vous dira qu'il vaut mieux 80 % de concurrence dans un système que 50 % ou 30 %. Qu'avec 80 % de concurrence, on est plus proche du système idéal de

---

1. « The General Theory of Second Best », *The Review of Economic Studies* (1956).

l'offre et de la demande qu'avec 30 %, non ? Non. Le système idéal de Walras c'est tout ou rien. C'est 100 % ou rien. Il y a de fortes chances qu'un système concurrentiel à 30 % soit plus efficace qu'un système à 50 et à 80 %.

Chapeau, Lipsey et Lancaster, d'avoir démontré que le marché était un tout. Insécable.

S'il y a une symétrie à faire entre Walras et le libéralisme, la seule est de dire que le marché, donc le libéralisme, est un totalitarisme. On s'en doutait un peu. Il suffit de voir la tronche des staliniens du marché. *Nota bene* : Hayek (prix Nobel 1974), en un sens, a raison. Hayek dit que toute intervention de l'État, même si elle veut aller vers plus de marché, est funeste.

Nota bene 2 : un étudiant de première année sait qu'un système de marché parfait et un système planifié parfait sont équivalents. En voulant toujours plus de socialisme, les « planificateurs » socialistes qui appliquaient aussi le théorème de l'optimum ont assassiné leurs pays. Les libéraux font aujourd'hui de même.

Le théorème de Lipsey-Lancaster a foutu un sacré coup au moral des conseillers du Prince. Certains ont dit : « Soit ! La théorie économique est morte, sauf à être totalitaire (mesure-t-on maintenant le totalitarisme du projet concurrentiel ?), vive l'empirisme des politiques. » Certains ont feint d'ignorer ce résultat. Beaucoup l'ignorent.

L'équilibre de Nash fut la dernière gifle au cadavre ou la pelletée du fossoyeur. Et tous les économistes qui utilisent la théorie des jeux dansent la danse macabre autour du macchabée Walras dans le cimetière de la théorie libérale.

L'équilibre de Nash démontre que le marché, dans un cas plus général que celui de Walras, dans un univers stratégique, donne la plus mauvaise solution. L'équilibre de Nash est sous-optimal. Avant Nash, on pouvait se dire : bon, c'est vrai, en général le marché ne donne pas d'équilibre, mais si par le plus immense des hasards il en donnait un, ce serait le meilleur, pas vrai les gars ? Pas vrai.

Dans les années 60, déçus par l'équilibre général, dont ils pressentaient plus ou moins la fin, les économistes ont étudié, avec leur fougue habituelle, la théorie des jeux. Il se trouve qu'un jeu de stratégie est la matrice du modèle de concurrence à la Walras. Un jeu est plus général que le modèle de Walras, parce qu'il suppose que les agents sont un peu moins idiots que chez Walras : ils anticipent les actions des autres. Exactement comme le stratège dans une bataille anticipe les actions du général ennemi. L'acteur de Walras, l'*homo œconomicus*, lui, ignore tout de ce que peut penser autrui. Il est un cas particulier du joueur stratégique : on dit que son univers est « paramétrique » (l'*homo œconomicus* suppose tout donné, extérieur, sans incidence sur lui et réciproquement : ce n'est pas parce que mon voisin achète une voiture que j'en achète une ; je suis seul, aveugle, avec des œillères ; je ne vois qu'une chose : le prix), tandis que l'univers du joueur est « stratégique » (le stratège suppose que ce qu'il va faire aura une incidence sur les réactions d'autrui, exactement comme un général d'armée ou un joueur d'échecs).

   Comme toujours, les économistes ont construit des équilibres, mais cette fois, dans les univers stratégiques. Nash, un mathématicien de génie légèrement dingo, a eu le prix Nobel... d'économie pour avoir caractérisé le premier un équilibre stratégique.

   L'équilibre de Nash est très particulier. Il est aussi le théorème de Broüwer, évidemment. Sauf que, cette fois, il est le seul qui sera atteint ; et il sera aussi le plus mauvais. *Voilà donc que le marché, s'il donne l'équilibre, donne assurément la plus mauvaise solution!* Celle où la richesse ou le bonheur des individus est moindre qu'ailleurs ! Entre parenthèses, cela veut dire que la coopération, l'alliance, le collectif, sont meilleurs que la concurrence, mais passons.

   Ce qui est fascinant, c'est que tout économiste un peu curieux, ne disons même pas « distingué », sait désormais que l'équilibre de concurrence est une chimère, que la concurrence a des vertus explosives et destructrices et qu'en plus, si équilibre il y a, c'est le pire ! Ou en tout cas pas le meilleur ! Et il y a vingt ans que les économistes savent ça !

Pourquoi ce silence ? Apparemment, ils ont honte de leur savoir, ou n'en disent rien, en tout cas à leurs élèves, car tous les petits crétins qui se targuent d'avoir fait des études d'économie racontent encore en ville que la concurrence c'est beau et bon, beau comme les marchés, bon comme la dérégulation, l'abaissement des barrières, les privatisations, etc. Tous ces slogans, que ce pauvre Bérégovoy buvait comme de la piquette vendue pour du château-margaux, si on osait regarder la vérité en face, on aurait honte de les proférer ; encore plus honte que de dire « la lutte des classes a fait que je suis un crétin, c'est pas ma faute, c'est la société ».
En privé, pas un économiste n'osera défendre le modèle walrassien, « la démonstration mathématique de la supériorité du libéralisme » – hurlons une dernière fois de rire, et puis hurlons tout court ! Pas un. Tous les économistes savent qu'il est dans une impasse totale. Qu'il est comme la théorie de Lamarck, dans un fond de tiroir. Comme le système de Ptolémée. Intéressant, pour les archivistes et les historiens. Et les psychanalystes : car comment peut-on continuer à faire « comme si »... ?

Mais ça ne vous rappelle rien, cet aveuglement volontaire ? Encore le stalinisme, autre forme de totalitarisme... Fallait pas désespérer Billancourt et surtout les apparatchiks qui parasitaient Billancourt...
Là, faut pas désespérer les prévisionnistes ? Les journalistes économiques ? Les hommes politiques (qui, eux, savent bien que l'économie est tout sauf une science) ? Les gourous ? Tous les petits malins qui ont un fonds de commerce économique ? Les petits porteurs mais gros cocus ? Faut pas désespérer les jeteurs de poudre aux

yeux, les sorciers, les barons, aboyeurs, bateleurs, les moulineurs de statistiques et de grands concepts (une demi-douzaine par jour – « la fuite vers la qualité n'interdit pas aux marchés émergents d'être des marchés contestables sans rendements croissants, sauf si une croissance endogène est introduite sans correction technique » – désolé : cette phrase est économiquement correcte ; je pourrais évidemment la tourner de dix manières différentes, signifiant la même chose : tout et rien) ? Faut pas désespérer les étudiants en sciences éco ? Mais ils votent avec leurs pieds, les étudiants, ils partent vers d'autres disciplines ! Ils ont bien raison !

Ne pas désespérer la duchesse de Kent en lui disant que l'homme descend du singe ?

3

De profundis

On continue à cogner ? On continue. Après « équilibre », « optimum », il reste un dernier mot à fusiller : « rationalité ». Et on aura fini le travail, déjà bien avancé.

Il faut regarder la réalité en face : depuis Debreu et sa « théorie axiomatique de la valeur », l'économie, axiomatisée, est devenue une sous-branche des mathématiques.

Ça couvait depuis longtemps. En fait, peut-être depuis Ricardo[1]. Depuis le rusé David, qui raisonna (théoriquement) en macro, fit (pratiquement) fortune en micro, et conçut une science « déductive ».

Hélas, la position des économistes est devenue pendant quelque temps extrêmement prétentieuse. Comme les mathématiciens, ils estimèrent que la question de savoir si les axiomes qu'ils se donnent sont effectivement vrais ne les concerne pas. Leur tâche véritable, comme celle du mathématicien, consiste à déduire des théorèmes à partir d'hypothèses admises à titre de postulats.

Le malheur, c'est que ces postulats, peu nombreux, ont fini par être *laminés par les économistes mathématiciens eux-mêmes*. Et, notamment, le postulat basique de « ratio-

---

[1]. David Ricardo (1772-1823). Courtier en grains, millionnaire à 20 ans, auteur des majestueux *Principes de l'économie politique et de l'impôt*, père de la théorie contemporaine du commerce international.

nalité ». Simon (prix Nobel 1978) ou encore Allais (prix Nobel 1988) l'ont jeté aux poubelles de la casuistique. La « rationalité » des économistes (censée produire cette « efficacité » dont on nous rebat les oreilles à longueur de causeries plus ou moins journalistiques) vaut un petit détour.

Les agents sont rationnels, en économie, s'ils « maximisent leur objectifs, leurs résultats, pour un budget donné » ; ou, deuxième forme, si « leurs choix sont transitifs » (en français, si le fait de préférer une auto à un vélo, et un vélo à un bol de soupe, conduit à préférer une auto à un bol de soupe). Eh bien, ces deux axiomes sont faux si l'on introduit de l'incertitude au moment des choix. Un paradoxe célèbre, le paradoxe d'Allais, démontre que les agents sont irrationnels dès que l'on introduit de l'aléa dans leurs gains. Or l'aléa est l'éther de la vie économique. Sans aléa, sans incertitude, la vie économique s'arrête. Si tout le monde sait tout sur tout, personne ne fait rien. Tout est bloqué. Peu importe. Tous les économistes (on l'espère) connaissent le paradoxe d'Allais, mais beaucoup continuent de raisonner comme si l'avenir était certain, autrement dit si le temps historique n'existait pas.

L'exemple le plus aberrant d'intégrisme économico-théologique fut donné par Stigler (prix Nobel 1982), sur qui Allais testa *in vivo* son paradoxe. Stigler eut, évidemment, un comportement irrationnel. « Eh bien, dit-il, vexé, ce n'est pas la science économique qui est fausse, c'est la réalité. » Il suffisait d'y penser : à la réalité de s'adapter à la science. Aux hommes de s'adapter aux dogmes : voilà comment un intégrisme « savant » cautionne le crétinisme absolutiste d'institutions comme le FMI, que nous visiterons plus loin. Stigler est une aberration savante. Une sorte de modèle de l'esprit antiscientifique.
Milton Friedman (prix Nobel 1976) est du genre Stigler, mais en plus rigolo. Dans un article qui a fait un tabac

dans la profession [1], il a avancé la thèse qu'une théorie ne devait pas être testée par le réalisme de ses hypothèses, mais par celui de ses conséquences. Autrement dit, peu importe de faire l'hypothèse que la Terre est plate, tant que ça vous permet d'aller où vous voulez à vélo. Et pas la peine d'encenser un Galilée. Ça ne vaut vraiment pas le coup. Vous pouvez même supposer que la Terre est creuse comme un bol, si vous sentez que votre vélo descend.

Robert Lucas (prix Nobel 1996) est certainement l'économiste le plus brillant de sa génération. Il dit que si l'hypothèse de rationalité doit disparaître de la science économique, il ne fera plus d'économie. Il a raison. En coupant la rationalité, on coupe le dernier fil qui n'autorise pas à balancer la « science » économique dans le vide. Lucas a développé le concept d'hyperrationalité des agents, à travers les « anticipations rationnelles » (non seulement les agents voient tout, le futur, mais aussi le fonctionnement de l'économie dans son ensemble et les incidences des politiques économiques sur l'économie), destiné à ruiner par avance toute intervention publique ; on lui doit « le paradoxe de Lucas », qui fait trembler Malinvaud et les économètres (« si une décision politique influence les décisions des agents, alors, par définition, toute politique économique est impossible, puisqu'une décision politique ne peut être prise indépendamment de son incidence »). Mais son hypothèse d'anticipation rationnelle, ou d'hyperrationalité des agents, est aussi un aveu d'impuissance : si Lucas, quoi qu'il fasse et dise, ne sert à rien, alors il ne sert même à rien qu'il le dise.

Au revoir, Lucas. Faites de l'économie historique comme Allais, Hicks, et demain Malinvaud. Ou de la politique comme l'exquis économiste DSK.

---

[1]. « The Methodology of Positive Economics », in *Essays in Positive Economics,* The University of Chicago Press, 1953.

4

Jouissez sans entraves !

Je fais le pari que la quasi-totalité des économistes savent qu'ils ne sont que des logiciens, et se contentent de produire leurs petits théorèmes dans leur coin, qui, tels les microbes des savants fous, ne font de mal à personne tant qu'ils ne sortent pas des éprouvettes. Faire de l'économie en chambrette est narcissique, confortable, onanistique, et franchement jouissif. À huis clos, dans un colloque ou un séminaire, ça ne fait de mal à personne.

C'est également une attitude extrêmement confortable, surtout pour les apprentis mathématiciens, qui peuvent faire des maths à la sauvette, entre eux, sans conséquences, en se prenant pour Gauss, comme le peintre du dimanche peut toujours se rêver Delacroix. Et puis tant mieux pour les très grands, comme Debreu ou Nash, qui n'ont de comptes à rendre à personne, même s'ils n'occupent pas au paradis des logiciens et mathématiciens la place des Gödel, Turing, Broüwer ou von Neuman.

L'économie savante est donc devenue un système où l'on s'emploie à tirer les conclusions logiques impliquées par des ensembles quelconques d'axiomes ou de postulats. La validité de l'inférence mathématique ne doit absolument rien à la signification qui peut être attachée aux termes ou aux expressions contenus dans les postulats. « Profit, rationalité, utilité » n'ont pas plus de sens que « point » ou « droite » dans la géométrie de Riemann. La validité des démonstrations économiques repose sur la logique des assertions qu'elles contiennent, et non sur la nature particulière de ce dont elles parlent. L'économie du savant est vraie indépendamment de ce dont il parle (spéculation, prix, confiance, investissement, salaire, chômage, intérêt, capital, travail, production, consommation, répartition, que sais-je?). Pour paraphraser Russell, « l'économie est cette discipline où on ne sait pas de quoi on parle, ni si ce qu'on dit est vrai ». Tout ce qu'on sait – au moins, ce que sait l'économiste un peu digne de ce nom – c'est que ce qui est affirmé est logique. Peu importe de savoir si les postulats sont vrais (d'ailleurs ils ne le sont pas), ni si les conclusions sont vraies (d'ailleurs elles ne le sont pas non plus). Seul importe d'affirmer que les conclusions sont les conséquences logiques nécessaires de ces postulats. « L'économie ne dit pas plus que : un quadrupède est un animal à quatre pattes. » Merci Russell une fois de plus.

Un mot sur l'économie axiomatisée. Système déductif? Gödel. En 1931, Gödel démontra qu'il était impossible d'établir la consistance logique interne d'une très large classe de systèmes déductifs – comme l'arithmétique élémentaire par exemple. L'économie mathématique, en tant que classe très banale de système déductif, comme autrefois la scolastique, ni plus ni moins noble, n'échappe pas à cette impossibilité d'inconsistance.

Mais autant on ne reprochera jamais à Debreu de jouir sans entraves dans les théories des catastrophes, tant qu'elles ne fatiguent pas, autant il est suspect que l'on ait construit une « axiomatique » de l'économie, reprenant ainsi le projet formaliste de Hilbert, qui rêvait de « désincarner » les mathématiques, « vider » toutes les expressions des systèmes de tout sens, construire un pur système de signes, où rien ne serait caché.

Indiscutablement le projet de l'« économie pure », porté

par Walras[1], mécanicien de la société, et Pareto, vulgarisateur du précédent, ressortit déjà à la vision réductionniste et mécaniste qui sera celle de Hilbert – « rêve ridicule de bureaucrate[2] ». Après Gödel, purifier les mathématiques est désormais ridicule, alors tu parles, axiomatiser l'économie ! Le projet d'une économie « pure », désincarnée, éthérée – purifiée de quoi d'ailleurs ? De souillures sociales ? de la pauvreté ? du malheur humain ? de la vie tout simplement ? –, ce projet est stupéfiant de naïveté. En fait, comme on le verra plus loin (chapitre 17) ce projet est d'essence mystique et tout simplement religieux.

Méditez, messieurs les économistes « purs », sans taches, sans saletés sur les mains (vous laisserez ça aux « praticiens » de l'économie : ceux qui en Indonésie tirent sur les grévistes sur ordre de Suharto renfloué par le FMI), la modestie imposée par Gödel à l'arithmétique (avouez qu'elle est élégante, l'arithmétique, non ?). On ne peut déduire des axiomes toutes les vérités arithmétiques ; et l'arithmétique ne démontrera jamais la consistance de l'arithmétique.

Alors, chers économistes... Vous aimez la logique, les exercices, les belles démonstrations... « Élégant », l'adjectif chéri des mathématiciens, revient tellement souvent sous la plume des mathématiciens du dimanche... Comme il serait bon que le monde économique fût « élégant », quand on tire aussi sur la foule en Albanie, suite à une spéculation qui a ruiné le pays. Que d'élégance dans le marché de la pollution que vous incitez à créer – je suis poli en disant « pollution » – en rameutant sans cesse, partout et toujours, à la « concurrence », cette concurrence que vous savez inexistante si vous vous regardez en face !

Vous êtes de bons logiciens ; vous savez que le calcul

---

1. *Éléments d'économie politique pure*, 1876.
2. J.-Y. Girard, *Le Théorème de Gödel*, Paris, Seuil, 1989, p. 154.

propositionnel est un système consistant (ne contenant pas de contradictions) et complet (toute proposition peut être déduite par un théorème) : mais vous savez aussi que tous les théorèmes de ce calcul sont *tautologiques*. Voilà ce que vous alignez, avec vos beaux « théorèmes » de quatre sous, habillés en papier alu pour faire clinquant : une série de tautologies. Au mieux. *Comprenez-vous maintenant pourquoi la « tautologie », à un niveau bien inférieur, est aussi la base du raisonnement journalistique, le raisonnement qui se drape dans votre science qu'il ignore ?*

On aura la faiblesse de penser, Messieurs les savants, que ce qui a brisé le formalisme de Hilbert a, d'avance, pulvérisé le bavardage économique, même alourdi (« endurci », vous avez tellement envie que votre science soit « dure[1] » !) de quelques kilos d'équations au centimètre carré de papier.

Messieurs les savants, vous êtes respectables. À une condition. Que vous soyez de vrais chercheurs. Que vous acceptiez le principe de plaisir qui guide toute recherche authentique.

Quelle est la question la plus traitée et commentée de la science économique ? Quelque chose que les mathématiciens appellent une « curiosité » mathématique. Un paradoxe sans intérêt – les mathématiciens éprouvent à peu près autant d'intérêt pour les paradoxes que pour les mots croisés. Il s'agit du « théorème d'impossibilité d'Arrow ». En 1985, il y a treize ans, le prix Nobel 1998, Amartya Sen, grand spécialiste du théorème, recensait plus de 1 000 articles qui lui étaient consacrés. Au rythme exponentiel de la croissance des publications, 2 000 articles doivent commenter aujourd'hui cette « curiosité », toujours aussi curieuse. Ce boléro éternel joué à Arrow, le fait

---

1. Titre d'un colloque récent : *L'économie devient-elle une science dure ?*, Paris, Economica, 1995.

que la question la plus traitée par les économistes soit un sous-problème de mathématique, devrait faire réfléchir, non ?

Vous voulez jouir du théorème d'Arrow, le théorème le plus commenté de toute la science économique ? Jouissez donc ! Montez au septième ciel ! Profitez de la vie de chercheur ! Profitez du colloque pour aimer la chercheuse ! Qui n'a aimé user ses yeux en racontant des variantes du théorème d'Arrow ! Mais par pitié : osez dire que vous êtes de purs logiciens, sans taches, sans mains, sans boîtes à outils, sans conseils à donner, sans théories à recommander, sans lois à proposer, sans rien. Des professeurs Nimbus. Des artistes. Osez jouir de votre nez rouge et de votre face enfarinée d'artiste que ne rejetterait aucun mathématicien. Osez dire que l'« économie » est un prétexte. Que vous vous foutez pas mal de la « réalité » économique. Et surtout criez haut et fort qu'il n'y a pas de théorie du libéralisme, de la concurrence, de l'efficacité, que tous ces mots – libéralisme, concurrence, efficacité – relèvent de l'idéologie la plus plate et de l'utopie la plus totalitaire, aussi totalitaire que furent les utopies socialistes et staliniennes !

Et si vous allez dans les journaux, montrer les porte-jarretelles de l'« expertise », n'allez pas raconter que vous y allez, parce que, après tout, quelques physiciens se font interviewer sur la nature de la matière... Vous vous moquez de nous ? Y a-t-il a des suppléments « Physique » tous les jours dans *Le Figaro* ? En revanche, il y a un supplément « Économie ». Bien fait d'ailleurs. Vous savez pertinemment que l'économie est la clef du discours politique, qui pèse sur les crânes plus qu'un casque.

Et n'allez pas dire, oh les monstres ! oh l'horreur ! que votre science est incertaine au même titre que la physique de Heisenberg ! Laissez ce contresens aux journaux qui l'utilisent chaque année pour démontrer que toutes les prévisions économiques seront toujours fausses mais que l'économie fait beaucoup de progrès et que la vie continue. N'essayez plus de vous comparer à la physique. Même Malinvaud en est fatigué.

Oserez-vous dire, enfin, que la politique n'a aucun droit, mais absolument aucun droit, à utiliser la « science » économique ? Oserez-vous ou irez-vous à la soupe de l'expertise, du conseil, du gourou ?

Mais peut-être ne croyez-vous pas à la « science » économique... Peut-être croyez-vous à cette vieille chose appelée économie politique, lourde du terme politique, comme Marx, Keynes, Galbraith, d'autres... Alors il faut oser clamer, avec Keynes, que votre science n'en est pas une... Que la notion de « loi » économique n'a pas de sens. Que la « prévision », sauf celle du nombre de morts sur la route par les compagnies d'assurances, doit faire ricaner les économistes, les vrais.

« En philosophie, tout ce qui n'est pas bavardage appartient à la grammaire » (Wittgenstein). Tout ce qui n'est pas bavardage, en économie, ressortit à la syntaxe mathématique. Or le bavardage n'a qu'une excuse : la légèreté. Le talent. Le badinage. On devrait badiner avec l'économie « scientifique ». Au lieu de cela, on s'enfonce sous la sciure la plus épaisse. Le plus grand reproche que l'on fera jamais aux économistes orthodoxes est de ne pas avoir été légers.

Non, personne n'aura l'idée d'incriminer après une émeute de la faim quelque économiste. Les économistes sont irresponsables. Dans la vie, il y a ceux qui prennent le risque de se salir, ceux qui se lavent les mains et ceux qui n'en ont pas. Les économistes n'en ont pas. Pardon : ils ont « la main invisible ». Ils n'ont qu'elle. La science économique répète depuis cent cinquante ans, *ad nauseam*, la loi de l'offre et de la demande, et cette « ruse de la raison », dirait Hegel, qui veut que des vices privés engendrent un bien social. Soyez égoïstes, la société ira bien. C'est aussi simple, comme principe explicatif, que la lutte des classes. À partir de là, on peut broder. À l'infini.

Et comme la plupart des philosophes, tel ce Kant, ou quelques physiciens, tel ce Berthelot, qui crurent que tout avait été démontré, les théoriciens de l'équilibre crurent que tout avait été démontré... Qu'ils la tenaient enfin, la théorie du libéralisme, la théorie de la concurrence, la théorie de l'offre et de la demande, la théorie qui aurait clamé : « Vive le marché, le système le plus efficace, le système qui donne un équilibre social et un optimum social, le meilleur des systèmes économiques possibles du point de vue de la production et de la consommation... »

Car à peine le clamaient-ils que patatras ! tout se cassait la figure. Détruire une cathédrale d'allumettes doit être aussi jouissif que de la construire.

5

Tragédie

Les conséquences de la faillite de l'économie savante sont considérables.

La première est que tout économiste un peu cohérent avec lui-même devrait se refuser à parler de la « réalité économique » (encore une fois les gens, la vie, les salaires, l'emploi, le bonheur, la valeur, les prix...) car elle n'existe pas. Debreu, reconnaissons-le, ne le fait pas, ou le moins possible. Il laisse ça aux journalistes. Mes amis économistes-mathématiciens refusent systématiquement de parler de la « réalité économique », préférant nettement disserter sur les amours, les livres, les arts et les vins. J'ai longtemps pensé qu'ils avaient tort. *Ils ont raison.* En économie, ils ne savent pas de quoi ils parlent, *donc ils n'en parlent pas*. Le cliché de Wittgenstein : « Tout ce dont on ne peut parler, il faut le taire » est la moindre des honnêtetés, mieux, des politesses économiques. Franchement, il est à peine plus supportable pour un économiste de la « haute », un économiste-« théoricien » d'écouter un marchand de salades économiques à la radio qu'un klaxon bloqué de voiture.

Alors pourquoi certains savants vont-ils à la radio ?

La raison est évidemment très simple. Ils ont fait de longues études. Ils ont rédigé une thèse laborieuse, écrit des articles pesants, lu des milliers de pages grises et difficiles. Des pages de salmigondis mathématiques commentant infiniment les théorèmes d'Arrow, de Lipsey-Lancaster, de Sonnenschein ou de Nash. Ils ont acquis, au prix de sueur et de larmes, le label « économiste ». Et voilà qu'un de leurs anciens étudiants, après un IUT de journalisme ou un BTS de communication, à la radio ou à la télé, raconte de l'« économie » ! Eux qui savent à quel point l'économie est difficile, parce qu'il est très difficile de parler de ce qui n'existe pas ! Alors, ils vont à la radio. Pour dire qu'on ne peut rien dire ? Non. Pour jouer à l'« expert » ou au « journaliste ».

La deuxième conséquence est, elle, proprement tragique.
Puisque les savants, les meilleurs, les polytechniciens et normaliens, les têtes d'œuf du MIT, les crânes pointus de l'ENSAE ne peuvent, modestement, rien dire en économie, n'importe qui va s'autoriser à dire n'importe quoi. Qui les en empêcherait ? La communauté des savants ? Les vrais sont humbles, timides. Lorsqu'on les interroge, ils s'efforcent laborieusement de paraître des journalistes, c'est-à-dire de raconter en deux minutes leur thèse, qui leur a coûté cinq ans de sueur et un divorce, et débouché sur une pinte de certitude et trente hectolitres d'interrogations... Les pauvres !

Tout ce qui se dit en économie est invérifiable, insanctionnable, mais en revanche parfaitement démontrable, comme le contraire aussi est parfaitement démontrable. L'économie, comme l'inconscient, la métaphysique, la religion et le vaudou, ignore le principe de contradiction. Vous voulez démontrer que le taux d'intérêt augmente si la demande de capitaux augmente ? Fastoche ! Les gens demandent du crédit, les banques n'ont pas trop de crédits, donc le taux d'intérêt augmente. Vous voulez démontrer le contraire ? Fastoche ! Les gens demandent des actions, donc la demande de crédits diminue, donc le taux d'intérêt diminue. Et tout devient hypercompliqué si l'on introduit de la demande de monnaie, de la thésaurisation, ou de la spéculation, ou tout à la fois. En panachant, en plus, avec de la déclaration de banquier central, du rusé Greenspan ou du nigaud Trichet, disant, par exemple, que les taux ne bougeront pas, il est clair qu'il faut cent pages de calcul pour poser le problème de la relation entre demande de capitaux et taux d'intérêt et trois bibliothèques pour y répondre. Mais selon les jours, ou le temps dont il dispose, l'expert vous sortira du chapeau le lapin blanc ou le lapin noir.

En général, l'expert n'a pas l'honnêteté ou, soyons gentil, le temps matériel de produire un discours logique : il se contente d'assertions sur la confiance, les grands équilibres, l'offre et la demande, et l'âge du capitaine d'industrie. Tout ça, c'est l'offre et la demande et la confiance, mon gars ! Le dollar monte ? L'offre et la demande et la confiance. Le dollar baisse ? L'offre et la demande et la confiance.

Si un savant en économie veut augmenter le diamètre de son ulcère, il suffit qu'il lise l'« avis d'expert » systématiquement publié par tous les journaux à côté du chiffre du jour. C'est proprement atterrant. « Ça va aller mieux ? Oui, parce que la confiance, et l'offre, et la demande. Mais ça pourrait aller plus mal ? Oui, parce que la méfiance, et la demande, et l'offre. »

Que fait notre savant ? Il retourne lutiner les coléoptères ou il va jouer à l'expert ?

La tentation est grande de se faire expert.

Le savant devient malhonnête lorsqu'il se transforme en expert. Mais l'expert, lui, est toujours malhonnête, car il s'autorise de la complexité d'une science à laquelle en général il ne connaît rien. Qui peut parler de l'équilibre d'un marché ? Équilibre unique, multiple, stable, instable, absence d'équilibre ? Qui connaît le concours de beauté de Keynes[1], fondement des modèles à équilibres multiples ou sans équilibres des marchés spéculatifs ?

---

1. Exposé dans le chapitre 12 de la *Théorie générale de l'emploi, de l'intérêt, et de la monnaie*, 1936. Imaginons un concours de beauté, où l'on présente des photographies aux concurrents, notées

Tragédie

Et pourtant tous les experts ergotent sur la Bourse. De quel droit ? Sinon du droit d'autorité savante usurpée ? Qui s'amuserait à conter la théorie de la relativité ou de la mécanique ondulatoire ou corpusculaire, ici et là, un verre de whisky à la main, parole d'expert, voilà ce que j'en pense, moi, d'Einstein ? Jamais le bouffon météo des chaînes de télé ne s'autoriserait à dépasser son statut de clown pour entrer dans la technique des modèles dynamiques permettant de simuler la marche des nuages. On ne peut pas dire n'importe quoi en biologie, en physique, en mycologie, sur l'élevage du ver à soie ou la peinture du quattrocento. On peut tout dire en économie. L'expert boursier, lui, contera la spéculation – dont l'analyse des convergences vers l'équilibre utilise le même type d'équations que les modèles météo – tranquillement, la cigarette au coin des lèvres.

La complexité mathématique de la science économique, paradoxalement, est la porte ouverte à tous les pitres dont le moins qu'on puisse dire est qu'ils font rarement rire. À tort. On devrait s'esclaffer en écoutant Madame Soleil-Boursier sur France-Inter. Tous les jours apparaissent de « nouveaux concepts » bricolés par Madame Soleil-Boursier (« la fuite vers la qualité », « la correction technique »). On devrait les considérer comme du verlan, du patois, du petit-nègre, et en user et en rire, avec tout le respect que l'on doit aux pidgins : « Et, z'y va, hé, la téfui vers la téquila après la téchu boursière... » C'est ce que dit Michel Gaillard (sans l'accent).

Il ne raconte que des tautologies, mais il a des excuses. Il a le choix entre son patois et l'axiomatique de Debreu qui, elle aussi, est tautologique ; et quand on est journaliste, on est payé pour causer.

---

de 1 à 10, et où le gagnant doit trouver la note moyenne donnée par l'ensemble des concurrents. Ce type de jeu, en général sans solution, décrit parfaitement les marchés boursiers, où l'on agit en fonction de ce que l'on croit être l'opinion moyenne ou probable des autres.

Pas quand on est économiste.

En 1988, Debreu est à Paris pour la conférence des Nobel. On l'interroge sur l'économie de la France. Il est honnête : il n'y connaît rien. Et ça ne l'intéresse pas. Il n'a pas la moindre idée de ce que peut être une économie réelle, il ne fait que de la « théorie ». Bravo. On l'applaudit ! Il ne fait pas semblant. Il jouit de ses mathématiques dans sa tour d'ivoire et il emmerde le monde. Dont acte. Bon Dieu, si tous les économistes « théoriciens » s'assumaient comme Debreu, on aurait enfin la paix. Hélas, il ajoute : « Le devoir d'un économiste est d'informer que le droit à la vie ne peut toujours être assuré pour des raisons de coût. » Aïe ! Il a recoiffé la casquette « expert et donneur de conseils » ! On se frotte les yeux... C'est incroyable qu'un être humain puisse dire ça. Ça, qui nous ouvre les yeux : sur l'invraisemblable prétention de l'économie – l'économie à la Walras-Debreu, heureusement autosabordée – à vouloir décider, pas moins, de la vie et de la mort des hommes, et en plus en termes de coût !

Mais la réalité, elle, n'a que faire de la théorie, vide, cynique, pire que cynique de Debreu : l'économie réelle décide de la vie et de la mort des hommes. Suharto tire sur les grévistes, et les passeurs de la mafia jettent les Albanais à l'eau, les femmes et les enfants d'abord, quand approchent les gardes-côtes italiens. Cela s'appelle le marché du travail – le vrai marché du travail, les « réalités » du marché du travail.

Question à poser aux économistes, en leur demandant quelques théorèmes à la clef : l'esclave est-il plus productif que l'« enfant libre » travaillant pour Nike ?

Debreu ignore-t-il que la « science » économique est dans une impasse totale ? Non, bien sûr. Les autres papes ? Non plus. Il y a longtemps qu'ils disent tout haut ce que tous pensent tout bas.

6

Quand les papes abjurent…

Les papes ne sont jamais dupes. Ils laissent la dévotion aux humbles, aux soumis, aux analphabètes, ou aux Trissotin.

Maurice Allais n'a jamais été dupe. « Ces quarante-cinq dernières années ont été dominées par toute une succession de théories dogmatiques, toujours soutenues avec la même assurance, mais tout à fait contradictoires les unes avec les autres, tout aussi irréalistes, et abandonnées les unes après les autres sous la pression des faits. À l'étude de l'Histoire, à l'analyse approfondie des erreurs passées, on n'a eu que trop tendance à substituer de simples affirmations, trop souvent appuyées sur de purs sophismes, sur des modèles mathématiques irréalistes et sur des analyses superficielles des circonstances du moment[1]. »

C'est rassérénant. Le retour à l'Histoire. Le retour aux sources de l'économie politique. Et les « purs sophismes », les « modèles mathématiques irréalistes »… Ça fait du bien à entendre.

Mieux : Hicks aussi, l'un des papes de la virginité walrassienne et du mois de Marie, s'est converti, à l'Histoire.

---

1. « Le désarroi de la pensée économique », *Le Monde,* 29 juin 1989. Phrase reprise mot pour mot dans *Le Figaro* du 19 octobre 1998.

Sur le tard. Hicks a abjuré. Il a regretté. Oh, lisant ce personnage cultivé et écrivant avec une finesse rarissime chez les bétonneurs de l'équation, on ne pouvait qu'être tenté de penser... qu'il bluffait. Qu'il faisait de la logique (même si le jargon était économique) pour le plaisir. Qu'il ratiocinait économie comme d'autres causent savamment du sexe des anges. Son immense théorie autrichienne du capital – quelques volumes pour démontrer une évidence : si le taux d'intérêt baisse, l'investissement augmente – n'était qu'un jeu sur des modèles démographiques. Nous le savions. Nous savions aussi qu'il avait poignardé Keynes dans le dos, et qu'il n'en était pas très fier. Il a fini par reconnaître les faits.

Le Nobel acquis, il s'est de plus en plus consacré a l'histoire de la pensée, puis à l'histoire des faits. Enfin, il a dit en substance, d'un ton un peu las, très hicksien, que tout ce qu'il avait bricolé tout au long de sa vie n'était que jeux au coin du feu, puzzles et cathédrales d'allumettes. Zizis logiques. Que la seule économie possible était l'Histoire. Que la notion de loi économique n'avait pas de sens. Il a reconnu, en substance, qu'il avait poignardé Keynes, peu après la sortie de la *Théorie générale*, en interprétant celle-ci dans un diagramme [1] d'où est absente, évidemment, l'incertitude, et que c'était Keynes qui avait raison : « Les théoriciens de l'équilibre ne savaient pas qu'ils étaient battus... Ils pensaient que Keynes pouvait être absorbé par leur système d'équilibre... » Ils étaient déjà battus en 1937, quand Keynes parlait « des forces obscures de l'incertitude et de l'ignorance à l'œuvre sur les marchés ». En 1979, Hicks a finalement abandonné la notion de loi universelle en économie [2]. Et il est mort, le sourire aux lèvres.

Mais d'autres avaient abdiqué avant lui. Pareto, déses-

---

[1]. Le diagramme, dit IS-LM, scandaleusement enseigné aux étudiants comme une synthèse de la théorie walrassienne et de la théorie keynésienne.

[2]. *Causality in Economics,* New York, Basic, 1979.

péré par beaucoup de choses, brûlant Walras après l'avoir adoré, et reconnaissant que l'économie n'était qu'une vaine tentative de raconter de la psychologie – mais c'est tellement vrai ! la « confiance » ! la « transparence » ! le « tempérament sanguin des entrepreneurs » ! Et Marshall disant à Keynes, peu avant de mourir, « If I had to live my life over again, I should have devoted it to psychology[1]... », « S'il fallait revivre, je me ferais psychologue... » Et Keynes lisant Freud, écrivant anonymement à son propre journal pour clamer son admiration pour le maître de Vienne, découvrant dans Freud ses théories de l'argent, de l'« abondante libido des entrepreneurs », et, tout simplement, de la dépression. Keynes qui dut, pour faire passer sa *Théorie générale*, adopter le jargon, bricoler deux ou trois équations de multiplications empruntées à Kahn, dont il n'avait que faire, paraître abscons pour être apprécié de l'establishment, et faire passer, en loucedé, l'imposture de l'économie comme physique sociale plus l'inexistence de l'équilibre sur les marchés (chapeau, Maynard ; digne de ses amis Blunt et les autres, taupes à Cambridge). Et Myrdall, l'économiste (Nobel 1974) qui s'est étouffé à râler contre les économistes et ricane des économètres, et Klein l'économètre (Nobel 1980) qui daube les économistes... Et Maurice Allais, qui, lors de sa remise du Nobel, dit qu'au fond l'économie, ce n'est que de la psychologie... Et Arrow, prix Nobel, père, avec Debreu et Hahn, de la théorie de l'équilibre, qui a éclaté de rire, une fois son Nobel acquis... Et Robert Solow, prix Nobel, à qui l'on doit cette phrase merveilleuse : « La prison est l'allocation chômage américaine », et qui, lui aussi, après des années de casuistique mathématique, reconnaît que décidément, c'est l'institution, l'Histoire, la politique qui sont importantes en « science » économique. Jamais l'équilibre, la rationalité, la concurrence, l'efficacité et autres blagues.

---

1. J. M. Keynes, *Essays in Biography*. Coll. Writings, Londres, McMillan, 1972.

Et Edmond Malinvaud lui-même, Sa Majesté en pied, qui sermonnait Hicks d'avoir quitté le radeau des adorateurs de la « science » économique... Et qui au soir de sa carrière lui aussi, sinon de sa vie, quand l'oiseau de Minerve enfin se lève, quand tout homme ose regarder en face ce qu'il a été et ce qu'il a fait, y va de son couplet anti-économie mathématique ! Pinçons-nous ! Prions ! Alléluia ! Si Malinvaud aussi ! « Pourquoi les économistes ne font pas de découvertes [1] », écrit-il. C'est clair, non ?

Pourquoi les économistes ne font pas de découvertes scientifiques ? Parce que l'économie n'est pas propice aux découvertes scientifiques. Fait-on des découvertes en théologie ? En casuistique ? En casuistique, on ajoute des cas à des cas. Des milliers de cas à des millions. L'économie est devenue une immense accumulation de cas particuliers. Quelle lucidité dans ce texte ! Toute l'histoire de la « science » en France ! Les ingénieurs arrivant chez les littéraires, les Blancs chez les aborigènes, les citadins chez les paysans. Impressionnant, la mathématique, pour les ploucs, qui aussitôt en rajoutent, de peur de ne pas paraître assez savants... Les pires fusilleurs furent toujours ceux qui avaient peur de passer pour des tièdes. Aujourd'hui encore, nombre de littéraires braillent à la « qualité de la science », parce qu'ils ont sous les yeux des équations qu'ils ne comprennent pas. Toujours cette fonction terroriste des maths.

La scientificité est le tourment des économistes. Alors, pour avoir l'air savant, on arbore sa quincaillerie technique, bien ostensiblement. « D'instrument qu'elle n'aurait jamais dû cesser d'être, la mathématique est devenue emblème, signe de science, destiné à impressionner au-dehors et rassurer au-dedans : l'économiste, par la mathématique, conjure son inquiétude d'usurper [2]. »

---

1. *Revue d'Économie politique*, 1996.
2. Frédéric Lordon, « Le désir de faire sciences », *Actes de la Recherche en sciences sociales,* 119, septembre 1997.

Merci Edmond Malinvaud de vous joindre enfin à ceux qui disent tout haut ce que le monde sait et murmure tout bas : le roi est nu.

7

La danse macabre

Fini la cohérence d'ensemble du modèle d'équilibre général, chacun peut aller dans son petit coin cultiver ses salades sans jamais marcher sur les plates-bandes des autres. Qui parlera du contrat de travail, qui des rapports des actionnaires et des dirigeants, qui des rapports des députés et des électeurs ou des élus et des gouvernants, qui ira vers le droit, qui ira vers la philosophie politique (de plus en plus ; et c'est très honorable ; immenses sont les cafés du commerce à construire et à remplir de gens inutiles et sentencieux), qui de l'économie des transports, qui de l'écologie (ça aussi, ça pullule, le penseur en « écologie », le nigaud qui cherche la taxe optimale pour que le trou d'ozone ait une taille optimale, pour que le Rhin ait un nombre optimal de poissons naviguant sur le dos, ou pour que le taux de cancer dans une population soit optimal), qui de l'économie industrielle, qui, etc., etc. Au moins la nouvelle génération est lucide. Elle bricole dans son coin sans prétention. Fini les grands systèmes, vive le chacun chez soi et l'optimum pour tous. J'ai bien dit l'optimum, pas le marché. Les jeunes économistes savent que l'optimum n'est pas le marché. Les jeunes économistes savent qu'ils appliquent un jargon et un outil à n'importe quel champ social. Au moins ils ont l'excuse de le faire en connaissance de cause et avec un certain cynisme (seul le cynisme peut expliquer que Rhône-Poulenc s'occupe d'écologie, Bouygues de communication ou Becker de problèmes de fécondité [1]).

Mort le système de Walras, les économistes se sont précipités dans la cour de récré. Sur la théorie des jeux.

Il est tout de même fascinant que l'économie contemporaine ait élu domicile dans la théorie des jeux. Comme son nom l'indique, la théorie des jeux est une vaste entreprise logico-ludique, qui permet de poser des colles, des devinettes, des charades, de construire des syllogismes tant prisés des logiciens en culottes courtes ou longues et de traiter n'importe quelle question sociale, les rapports employés-employeurs, le harcèlement sexuel, l'attitude des criminels et des fraudeurs (que le jargon économique appelle justement « passagers clandestins »), le travail des femmes, les choix d'éducation, les rapports actionnaires-patrons, gérants-salariés, État-entreprises, les conflits de toute sorte, les stratégies publicitaires, tout, absolument tout ce qui fait la vie d'une société. Les conflits des hommes et des animaux peuvent être traités par la théorie des jeux. Les rapports affectifs ou sexuels.

La théorie des jeux est la page jeux du *Journal de Mickey* (à un niveau un peu plus élevé tout de même : « un comportement optimal est caché dans ce modèle : sauras-tu le découvrir » ?) et les économistes sont devenus ces charmants petits scouts du jeu de piste, de la recette à allumer le feu, du « quel est le plus grand nombre de trois chiffres » et faut-il laver son chat ou payer l'actionnaire en fonction des dividendes ou de son poids moyen ?

Osez, les économistes ! Osez dire que vous prenez du plaisir ! Du vrai plaisir de logicien ou de mathématicien

---

[1]. Gary Becker, prix Nobel d'économie 1992, l'un des ultras du calcul coûts-bénéfices à appliquer à tous les aspects de la vie, notamment le mariage, la vie familiale, mais aussi le crime, l'éducation, etc.

pour qui la question de l'utile est infâme. Indigne. Dites-vous que vous êtes des matheux pour les meilleurs, des gosses dans des voitures à pédales croyant conduire des bolides pour les autres – mais le plaisir est aussi grand ; nous avons été enfants – assumez votre côté autodidacte, peintre du dimanche, bricoleur de cathédrales d'allumettes, assumez votre déjeuner sur l'herbe, un verre de thermodynamique, une pincée de psycho, une louche de bon sens ; assumez votre repas de fin de colloque, où vous échangez vos impressions avec d'autres pilotes de modèles réduits, contemplant leurs petits bateaux sur le bassin des Tuileries, et rêvant de naviguer sur l'océan du réel.

Non, Edmond Malinvaud, votre appel à l'« utilité de la recherche », vos recommandations à « plus de vigilance dans l'évaluation de la recherche », « plus d'exigence quant à l'annonce des limites de la portée des résultats » sont ambigus[1]. Si c'est pour dire à vos collègues : « Reconnaissez que vous, utilitaristes, maniaques de l'utilité, êtes devenus les conquérants de l'inutile », bravo. Laissez-les grimper aux sommets qui ne mènent nulle part et s'amuser. Si c'est pour en remettre encore sur l'utilité, le sérieux d'une science qui devrait être plus proche du réel, pas d'accord. Rien n'est pire qu'un économiste honteux. Il est la porte ouverte aux affabulateurs et aux truqueurs. Jouissez sans entraves, économistes ! Vous avez le social et la mathématique ! Soyez encore plus surréalistes ! Tachistes ! Expressionnistes ! Barbouillez à grands coups de pinceaux – pardon : de lemmes et de théorèmes – la grande toile blanche de la vie ! Et dites-le haut et fort : vous couperez l'herbe sous le pied des experts, ces voleurs de savoir.

La théorie des jeux fut un fantastique appel d'air pour les économistes encroûtés dans les synthèses macroéco-

---

[1]. Toujours dans cet article paru dans la *Revue d'Économie politique*, 1996.

La danse macabre

nomiques des années 60, les lourdes recensions statistiques où l'on analysait des croissances, les comparaisons internationales, les études de développement, tous ces pesants efforts de « coller au réel ». Même les noms des jeux sont marrants : le dilemme du prisonnier, la guerre des sexes, la colombe et l'épervier, le théorème du folklore…

Avec la théorie des jeux, vint le temps de la rigolade du comptoir de bistrot, le canular étudiant porté aux cimaises de la pensée. Une vaste branche de l'économie, appelée « économie industrielle », put en toute impunité raconter les affres du manager en proie à la surveillance des actionnaires, les ruses du travailleur qualifié tirant au flanc, les simagrées du marchand de voitures d'occasion alléchant un gogo, la méchanceté de l'automobiliste cachant son comportement à l'assureur, les pitreries du publicitaire en relation avec ses donneurs d'ordre, etc., et ce, de façon totalement abstraite et ludique, quoique prétendant à la vérité des poutrelles, du béton et des charpentes, à la dure réalité du bruit et de la sueur… L'économie industrielle[1] ne dit pas plus que trois sous de psychologie du café du commerce. Mais elle le dit avec des « jeux », des interactions stratégiques avec raisonnements récurrents, des hypothèses de connaissance commune (« je sais que tu sais que je sais »), des arbres de décision, des ratiocinations pesant leur quintal de bon sens (« supposons que le manager désire provisoirement, en situation d'incertitude, maintenir sa rémunération »). Elle permet aux économistes, à tous les économistes, de prendre du bon temps, sans ennuyer personne, tout en drapant des raisonnements de tous les jours dans des rideaux d'équations rangés dans le coffre à jouets de l'« industrie ». Industrie, ça vous pèse ses tonnes de

---

1. Ou l'« économie de l'information », les expressions sont synonymes, qui introduit de l'incertitude, des croyances, des asymétries d'information dans des monographies, des exemples (bref : dans des cas particuliers).

pétrole et ses tuyaux de raffineries. Ça fait plus sérieux que de dire : « Je te tiens, tu me tiens par la barbichette », qui est pourtant la base même du raisonnement des jeux. Vous ne commenceriez pas un cours en disant : « Allez ! Aujourd'hui on va décliner Je te tiens, tu me tiens par la barbichette. » Vous dites : « Nous allons étudier les modèles principal-agent, la théorie des incitations et quelques équilibres de Nash. »

La fin du système d'équilibre général fut une sorte de chute du mur de Berlin. Du délire.
Tous les économistes, même les plus ringards, les plus poussiéreux, des libéraux les plus échevelés aux marxistes les plus sinistres en passant par les pompeux keynésiens qui n'ont rien compris à Keynes, se mirent à la théorie des jeux. C'est fini. La théorie est morte. On joue. On s'amuse. On danse sur le cadavre. On fait un petit jeu pour expliquer les rapports de l'État et des syndicats, le duel franco-allemand, la lutte de la Générale des Eaux et de la Lyonnaise, l'avenir d'EDF, ou le Monicagate. Le même jeu explique tout. Enfin les économistes sont sur le même terrain : celui du vide. « La théorie des jeux est la matrice économique, contenant la théorie de l'équilibre même[1]. » Entièrement d'accord. Elle est la matrice du comportement humain. Elle explique la stratégie de Gérard Lambert le matin entre sa moby et le métro, celle de Napoléon choisissant d'avoir le soleil dans le dos un 2 décembre ou de John Meriwether, patron du fonds LTCM[2], faisant un pari à 50 milliards de dollars sur les obligations russes.
Ah ! ce qu'on s'amuse.
Certes, pour l'extérieur, on gardera le petit air tragique de celui qui fait des trucs très compliqués auxquels le public serait très malpoli de chercher à comprendre. Il

---

1. Bernard Walliser.
2. Voir chapitre suivant.

manquerait plus que les économistes aient à s'expliquer devant les citoyens ! Les médecins, les infirmiers, les avocats, les marchands de Dioxine, les journalistes, à la rigueur, pourquoi pas les hommes politiques, mais les économistes ! Et puis quoi ? Ils ont le privilège unique de pouvoir pérorer sur la vie des hommes en société, de les conseiller, de les guider, de les sermonner, de les affamer à l'occasion, sans jamais avoir de comptes à rendre. En plus, leur bavardage est tellement compliqué que personne n'y comprend rien, et il faudrait voir que l'on cherchât à comprendre !

Osons le dire : la théorie des jeux, l'économie post-walrassienne, est une chance historique pour les savants, les vrais : *ils peuvent enfin rigoler en paix.*

Le problème, c'est que, comme toujours, des « experts » vont exciper de cette nouvelle « science » pour parader dans les salles des pas perdus. Libérés du carcan du modèle général, ils cherchent des optima dans leur coin. Et ils racontent encore : « vive le marché et l'optimum », les sournois, alors qu'ils n'ont plus le droit de le faire, qu'ils ne sont plus dans la société, mais dans leur petit jardin à légumes.

C'est catastrophique.

« On n'insistera jamais assez sur le fait que la science expérimentale a progressé grâce au travail d'hommes fabuleusement médiocres, et même plus que médiocres... Car autrefois les hommes pouvaient se partager, simplement, en savants et en ignorants, certains plus ou moins savants et plus ou moins ignorants. Le spécialiste n'est pas un savant, car il ignore complètement tout ce qui n'entre pas dans sa spécialité ; mais il n'est pas non plus un ignorant, car c'est un homme de science qui connaît très bien sa petite portion d'univers. C'est un savant-ignorant[1]. » Cette phrase cruelle ne s'applique pas exactement

---

1. Ortega Y Gasset, *La Révolte des masses*, Paris, Stock, 1930, p. 162-163.

aux économistes. Pour eux c'est pire. D'abord parce qu'ils ne font pas d'expériences. Ensuite parce qu'ils sont, souvent, lucides. Ils savent qu'ils sont condamnés à gratouiller dans leur coin, biner leur petit carré de salades. Mais en profitent-ils ? Appliquent-ils l'adage : « Pour vivre heureux vivons cachés et cultivons notre jardin » ?

Les philosophes jouissent-ils de l'inutilité de la philosophie ? Oui.
Les casuistes jouissaient-ils de la casuistique ? Oui.
Les économistes ? Non.

La similitude économie/casuistique est fascinante. De casuistique théorique, empilement de théorèmes, l'économie est devenue casuistique expérimentale : études de cas particuliers de la vie sociale. Combien de cas avaient accumulés les casuistes, que Pascal avoua avoir été tenté d'admirer ? Combien de théorèmes, et désormais d'« exemples », ont accumulés les économistes sur n'importe quelle question de la vie ? Ce qui caractérise la science économique moderne, ce n'est pas le déficit d'explication, c'est le trop-plein. Quel que soit le problème – commerce international, flexibilité des changes ou couleur du papier peint dans la cuisine –, elle en sait trop. Pas une question où elle ne soit capable d'avancer comme autant de médailles dix théories, cinquante modèles et deux cents propositions appuyées sur des exemples, vertigineuses de profondeur, du genre : « Si le manager veut optimiser sa stratégie, il doit susciter la confiance de ses employés. » La faillite du modèle de Walras, le modèle d'équilibre général, faillite d'une explication globale de cette totalité qu'est la société, a autorisé les instrumentalistes du calcul économique à se reconvertir dans tous les aspects sociaux. Il y a des routes dans une société ? On calcule leur largeur optimale, le prix optimal de leur péage, leur longueur optimale en fonction de la concurrence du rail, le nombre optimal de guichetiers aux

La danse macabre 61

péages, la durée optimale de leurs congés formation. Il y a des voitures sur les routes ? On calcule les rapports des actionnaires avec le fabricant de voitures, ou du fabricant et des sous-traitants. Il y a des hommes dans les voitures ? On calcule en termes d'argent les réflexions des hommes. Il y a des foies et des reins dans les hommes ? On calculerait s'il le fallait le fonctionnement du marché de l'organe. Il y a du sang dans les organes ? On s'efforce à un optimal système de stockage et de transports à flux tendus...

Hélas, hélas, hélas. Cette recherche exclusive et systématique, par les savants, de l'efficacité sur des cas particuliers, autorise la diffusion, en aval, de revues, de spots, d'éditos, de rubriques quotidiennes et de journaux télévisés chantant le bel canto du marché, au prétexte que Debreu a démontré mathématiquement la supériorité du marché en question. Or Debreu n'est plus dans la supériorité du marché : il est dans la répartition optimale des serviettes en papier entre toilettes et salles de bains en situation d'incertitude, avec, en optimum de second rang, la couleur du papier W.-C. Debreu ne parle plus du marché. Personne ne parle plus de la loi de l'offre et de la demande. Du moins chez les savants. Sauf des archivistes ou des embaumeurs. Il faut le dire ! Les bavards du marché sont des usurpateurs ! Les gens qui se drapent dans la science économique sont des escrocs ! Des marchands d'eau de réglisse ou de médailles guérissant les rhumatismes ou ramenant les épouses infidèles avec des élucubrations estampillées Einstein-Heisenberg !

Il va falloir sortir de chez vous, les économistes, ou du moins ceux qui se prennent pour tels ! Il va falloir clamer haut et fort, revendiquer l'impasse dans laquelle vous êtes et payer désormais des tournées dans les cafés de philosophie. Sinon, n'importe qui pourra parler d'économie. Le silence des économistes allume les haut-parleurs de la démagogie.

Pourquoi les gourous, les experts, la presse auraient-ils le droit de chanter l'offre et la demande ? Le droit de chanter que la Terre est plate ? qu'elle est le centre de l'univers ? Que l'homme descend des anges et non du singe ? De faire du négationnisme en histoire ? De dire que Vichy était aveugle et qu'Homère ne l'était pas ? Pourquoi faudrait-il respecter tous les savoirs, sauf celui de l'économie ? Pourquoi les économistes seraient-ils les seuls chercheurs à être bafoués ? Qui ose dire que le Soleil tourne autour de la Terre, alors que tous les jours on clame que plus de marché c'est plus d'efficacité ?

On pouvait pardonner aux économistes de l'ancienne génération, aveuglés et terrorisés par la mathématique, de ne pas savoir. Aux jeunes non. À eux d'interdire qu'on utilise à tort et à travers leurs connaissances.

Merci les économistes de la jeune génération (Pierre Cahuc par exemple, ou Jean Gabszewicz, ou Frédéric Lordon[1]) de ne pas être dupes : de dire que l'économie moderne n'est qu'un patchwork de micro-modèles, de *toy models* comme disent les Américains, sans cohérence, sinon celle du calcul coûts-bénéfices. De modèles *ad hoc*, bricolés pour un problème à traiter, comme on fait une maquette d'autoroute, avant la véritable autoroute, sans savoir pourquoi ni pour qui on trace une autoroute.

Merci, les gars. Un petit tour par Merton et Scholes, et on va pouvoir soigner les experts.

---

1. Pierre Cahuc, *La Nouvelle Microéconomie,* Paris, La Découverte, 1994 ; Jean Gabszewicz, *La Concurrence imparfaite*, Paris, La Découverte, 1996 ; Frédéric Lordon (en collaboration avec B. Amable et R. Boyer), « L'ad hoc en économie : la paille et la poutre », in *L'économie devient-elle une science dure ?*, Paris, Economica, 1995.

8

Merci Merton et Scholes

Heureusement, il y a une morale et une bourse des valeurs économiques : au kilo de suffisance, le Raymond Barre ne vaut même plus son pesant de caramels.

Et ce n'est pas moi qui prendrais une option sur Merton et Scholes.

Merton et Scholes ont heureusement étalé devant le monde entier leur nullité crasse ; ils ont, Dieu et le marché merci, fait autant de bien contre la pollution économique que le meilleur économiste Barre, ridiculisé à peine arrivé, et recyclé dix ans après en majorette au sommet de Davos, passant les plats d'un libéralisme éculé. On devrait interviewer matin et soir Raymond Barre avec sa casquette de meilleur économiste. On devrait se prosterner tous les jours devant Merton et Scholes, leur modèle infaillible en bandoulière.

Car Merton et Scholes jouaient en utilisant leur martingale – pardon : leur modèle – infaillible.

Lorsqu'on a ramené Merton et Scholes – savants parmi les savants, savants qui laissent à des milliers d'années-lumière l'expert lambda sévissant sur les marchés boursiers ou causant dans le poste – à leur juste proportion de marchands d'amulettes contre le risque, le risque de variation des cours, comme d'autres vendent des amulettres contre les rhumatismes, on en a fini. On en a fini avec tous ceux qui osent utiliser le terme « loi économique ». Merton et Scholes sont des bons. De vrais chercheurs. Des pros. De gros matheux[1]. Personne ne le niera. Et pourtant ils vendaient du vent. Un peu comme ce guignol de « docteur » Naessens[2] – faux savant, lui, c'est vrai – qui, dans les années 60, vendait, avec l'appui des médias, une décoction contre le cancer, avant de s'enfuir avec l'argent dérobé aux gogos, au Canada. Les médias, aujourd'hui, vendent du sérum économique Minc, de la potion Barre (vendaient ; les stocks sont périmés), ou de l'élixir Merton et Scholes. Merton et Scholes avaient été salués par la presse comme des génies de la finance ; mieux : comme les génies ayant permis l'explosion sans risque du monde merveilleux de la spéculation. On va les saluer comme ils le méritent.

Car Merton et Scholes croyaient encore au modèle de concurrence, au modèle de Walras.

Ils jouaient sur les marchés d'options, cas particuliers de marchés dits « dérivés ».

Un exemple d'option est l'option d'achat d'action : c'est un contrat qui confère à un acquéreur le droit d'acheter (option d'achat) une action à un prix fixé, jusqu'à une date future fixée, moyennant le règlement immédiat au vendeur d'une prime. Par exemple, je dis à un vendeur d'une option sur une action France Télécom : « Je t'achète dans un mois une action France Télécom au prix de 100 F. Et je te paye aujourd'hui 10 F. » Si, dans un mois, l'action vaut plus de 110 F, j'ai gagné. Je « lève » l'option. Sinon, j'abandonne. Pas plus compliqué.

L'avantage du jeu sur options, c'est qu'on joue sur des

---

1. Ils tripotent du calcul différentiel stochastique, passablement trapu. Ils adorent les processus « browniens », décrire les mouvements de prix par des mouvements browniens.
2. Individu qui prétendait avoir inventé un sirop (deux cuillerées par jour, pas trop pleines) qui guérissait les cancers.

actions (ou des valeurs de n'importe quel actif) *sans avoir d'actions*. On spécule donc sur du vent, ce qui est extrêmement rentable, du moins tant que ça marche. Si j'avais été un spéculateur ordinaire sur actions, et si mon action était passée en un mois de 100 à 120, j'aurais gagné du 20 %. Mais si je suis un spéculateur sur options, et si j'ai payé ma prime 10 F, j'ai gagné 20 F, soit un gain de 100 %. Ça s'appelle l'« effet de levier ».

Le problème est que l'effet de levier porte sur des primes, donc des marges faibles par rapport aux valeurs des actifs. Le spéculateur sur options doit brasser un énorme volume d'actions pour faire mieux que ceux qui se contentent de spéculer sur actions. C'est ce que faisaient les deux Pères Noël, Merton et Scholes.

Que peut dire un Père Noël ? « Dans un mois, dans ton petit soulier, tu auras une option qui vaudra tant de francs. »

Black et Scholes[1] avaient bricolé une martingale, une formule, permettant de déterminer à l'avance le prix des options. Cette martingale fonde le prix de l'option sur : le cours passé de l'action, le prix de l'action au moment de la levée de l'option, la date de levée de l'option, un taux d'intérêt, ou « prix du temps », et enfin, *in cauda venenum*, la « volatilité » ou « variabilité du prix de l'action ».

C'est là qu'intervint le Père Noël Merton.

Merton avait démontré un théorème, que l'on pourrait appeler : le « théorème d'excitation ». En gros, plus un marché est risqué, plus un spéculateur est excité, et plus il a envie de prendre des risques, ce qui excite encore plus le marché, et excite encore plus les spéculateurs.

---

1. F. Black et M. Scholes, « The Valuation of Option Contracts and a Test of Market Efficiency », *Journal of Finance* vol. 27, n° 2, mai 1972 ; « The Pricing of Options and Corporate Liabilities », *Journal of Political Economy*, vol. 81, n° 3, 1973.

Le théorème dit[1] : le prix d'une option est une fonction croissante du risque. L'explication est évidente. Comme les spéculateurs sont plutôt « haussiers », tiennent compte des variations en hausse, et ignorent souvent les variations en baisse, plus les amplitudes de hausse sont fortes, et même si elles sont compensées par des amplitudes en baisse également probables, il est clair que la volatilité d'une action, sa capacité à varier beaucoup autour d'un prix moyen, accroît le prix d'une option aux yeux du spéculateur. Théorème de Merton : « Plus tu m'excites, plus je suis excité. »

Merton et Scholes, l'un avec sa formule, l'autre avec son théorème, allèrent voir John Meriwether.
John Meriwether avait été courtier chez Salomon Brothers. Il avait discrètement quitté Salomon Brothers en 1991, suite à une affaire trouble où un de ses copains avait transmis des ordres falsifiés à la Banque Fédérale des États-Unis, histoire de faire monter les cours des obligations d'État, et, ayant anticipé avant tout le monde ladite hausse du cours, de prendre un gros paquet.
John Meriwether présenta aux deux Pères Noël un troisième Père Noël, David Mullins, ex-vice-président de la Banque Fédérale. Connaissant le proverbe « Mieux vaut un bon voleur qu'un honnête commerçant malchanceux », Meriwether pensait qu'un initié des obligations du Trésor, avant de spéculer sur les options sur obligations du Trésor, pouvait toujours servir.
Et voilà nos compères en train de créer LTCM (Long Term Capital Management). Imaginez un casino : Meriwether y entre. Deux types à l'entrée lui proposent la martingale infaillible et de partager les gains. Il y croit. Il prend néanmoins dans sa manche, à tout hasard, un des croupiers.

---

1. R. C. Merton, « Theory of Rational Option Pricing », *Bell Journal of Economics and Management Science*, vol. 4, n° 1, printemps 1973 (théorème n° 8).

LTCM a joué environ 150 milliards de dollars avec une mise de moins de 3 milliards. Au total, en montant d'actifs (obligations surtout), Merton et Scholes brassaient l'équivalent du PIB français : 1 250 milliards de dollars.

Merton et Scholes et Meriwether avaient comme clients les grandes banques. Également des gens de la finance qui devaient miser minimum 10 millions de dollars bloqués sur trois ans. Les grands patrons des maisons de courtage de Wall Street plaçaient leurs économies.

Que Merton et Scholes (et Meriwether) aient été sauvés, comme toujours, comme les caisses d'épargne américaines plombées par les mafias d'Amérique du Sud, comme le Crédit Lyonnais, comme les banques japonaises plombées dans de l'immobilier mafieux, par la collectivité, n'a pas vraiment d'importance. Que Merton et Scholes (et Meriwether) soient le marché blanc, celui des opérateurs qui ont pignon sur rue et donnent des leçons de morale, par opposition au marché noir, celui de la mafia russe ou de la famille Suharto, n'a pas grande importance non plus. Ce qui est passionnant, ce sont les leçons d'économie que donnaient les prix Nobel Merton et Scholes. Les salades qu'ils vendaient.

Comme toujours, comme tous les gourous et les tireuses de cartes, Merton et Scholes étaient des marchands de futur. Contrairement au rigolard marabout de banlieue, le plus triste, dans leur cas, c'est qu'ils y croyaient. Ils croyaient vraiment à leur martingale.

Merton et Scholes vendaient une stratégie supposée sans risque sur un marché spéculatif où le gain n'existe que par le risque. Même un gosse comprend qu'il y a une petite contradiction dans l'affaire. Le modèle de marché considéré par Merton et Scholes était *efficient* (en français : de concurrence pure et parfaite ; donc d'information parfaite, donc sans aléa irréductible). N'importe quel manuel de gestion financière enseigne que sur un marché financier il subsiste toujours un risque irréductible. Systémique. Incalculable et imprévisible. Merton et Scholes (et, au fond, peut-être sans s'en apercevoir) ont construit un modèle sans risque d'un marché avec risque irréductible. Merton et Scholes pariaient que les cours, comme sur tout marché parfait, revenaient spontanément à l'équilibre que jouait la loi de l'offre et de la demande.

Le modèle de nos Pères Noël considère que l'évolution des cours est aléatoire, certes, mais sans discontinuités, sans accidents majeurs, sans ruptures, sans seuils : sans tout ce qui fait qu'un risque ne peut pas être probabilisable. La loi des grands nombres ne joue pas sur un marché d'options. Merton et Scholes soutenaient qu'une émission d'options peut se faire à risque nul. De quoi faire pâmer tous les experts. En fait, leur théorie, si l'on y songe bien, est en contradiction avec la logique même de l'existence des marchés d'options. Bien évidemment, sans incertitude, le marché disparaîtrait, puisque, par définition, pour que le marché existe, il faut que l'acheteur et le vendeur aient des anticipations contradictoires. Merton et Scholes ont, comme tous les économistes, véhiculé la vieille idée de la transparence du marché, le mythe de la prévision parfaite, l'idéologie, encore plus radicale que celle du petit Jésus, de l'absence de risque et d'incertain. Bref, Merton et Scholes ont véhiculé le mythe du risque nul. Sur un marché spéculatif, on ne se lassera pas de le répéter, c'est assez génial. Ça valait bien un Nobel.

La martingale des deux zozos, plus ou moins raffinée, a été engrangée sur tous les disques durs des spéculateurs de la planète. Ce système de vente automatique confiée aux ordinateurs explique les grandes fluctuations boursières et le krach de 1987.

Les experts ont cru, après les travaux de Merton et Scholes, qu'il était, je cite un éminent professeur, « possible de construire un portefeuille sans risque ».

La preuve : LTCM et Merton et Scholes.

Merton et Scholes ont bu la potion miraculeuse qui fait

repousser les cheveux devant leurs clients ébahis. Ils sont repartis à poil, mais sans goudron et plumes, et avec en plus un remboursement intégral de leurs petits frais[1].

Merton et Scholes, prix Nobel : on va vous filer un coup de main. Un coup de main signé Pareto, vulgarisateur de l'« économie pure », je vous salue Marie. « À celui qui a su gagner des millions, dit Pareto, que ce soit bien ou mal, nous donnerons 10 sur 10 ; à celui qui arrive tout juste à ne pas mourir de faim, nous donnerons 1 sur 10 ; à l'habile escroc qui trompe les gens et sait échapper aux peines du code pénal, nous donnerons 8, 9 ou 10 selon le nombre de dupes qu'il aura su prendre dans ses filets et l'argent qu'il aura su leur soutirer[2] » (l'essence du libéralisme et de la concurrence est dans la phrase de Pareto).

Et aux escrocs qui ont su perdre tout leur fric et se faire rembourser cash par un consortium de banques, on donnera 100 sur 10.

Gérard Debreu, notre vieille connaissance, est un autre prix Nobel, d'un calibre encore supérieur. Il n'aurait jamais vendu de martingale. Mais il a cru, lui aussi, à la possibilité de décrire un monde avec du temps mais sans incertitude. Il a construit – avec d'autres – un « marché de biens contingents » qui est une généralisation du bon vieux marché de concurrence où tout le monde sait tout sur tous les biens et tous les prix. Il lui a ajouté du hasard : par exemple, un parapluie aujourd'hui est différent d'un parapluie demain, et un parapluie demain s'il pleut est différent d'un parapluie demain s'il fait soleil ou demain si on me l'a volé. C'est aussi le mythe du risque nul. C'est pire même : c'est le mythe de la nature dénombrable dans l'éternité. Tout est identifiable dans les

---

1. Ils ont même perçu, en janvier 1999, une prime d'une cinquantaine de millions, après le redémarrage de LTCM. Méditez, les PME en faillite.
2. *Traité de Sociologie générale*, Paris, 1917, t. 2, p. 1296.

siècles des siècles. Ne crions pas à la tentative ubuesque : il y a, fondamentalement, quelque chose de religieux dans l'économie.

Mais Debreu n'aurait jamais bu la potion qu'il proposait. Merton et Scholes l'ont fait : on ne les en remerciera jamais assez.

9

Le Fonds monétaire international et son clown en chef

Voilà. On en a fini avec les savants. On commence enfin à comprendre pourquoi les « experts » peuvent vendre n'importe quoi cultivé sous serre. Il y a des milliers d'experts. Mais les plus caricaturaux sont indiscutablement ceux du FMI.

Après le FMI, il n'est même plus besoin de parler des poireaux de l'OCDE, vraiment trop à la botte, ou des nigauds de la Banque Mondiale, toujours prêts à se reprocher d'avoir gaspillé de l'argent pendant trois générations tout en continuant à le faire[1]. Et puis le FMI a un patron dont il faudrait noter toutes les phrases, à la virgule près, pour hurler de rire ou de rage. Quand on l'a déshabillé, plus la peine de tailler un costard aux autres.

La faillite, à l'automne 1998, de l'Asie, de la Russie et des pays émergents en général, auxquels le FMI prodigue conseils et milliards de dollars, a tout de même fini par jeter quelque discrédit sur l'institution. Pas longtemps :

---

[1]. La Banque donne volontiers dans l'autoflagellation, depuis quelque temps : *Assessing Aid,* rapport publié par elle en octobre 1998, montre comment, je cite, « le flot d'aide a encouragé l'incompétence, la corruption et les mauvaises politiques ». La Banque confesse même que l'efficacité de son action aurait pu être multipliée par trois ou quatre...

dès novembre, oublié son attitude grotesque en Russie où la mafia l'a plumé d'une dizaine de milliards de dollars ; requinqués, sémillants et frétillants, le FMI et son patron balancent 41 milliards de dollars au Brésil, histoire de le récompenser de son obéissance.

Deux mois plus tard, le Brésil est en faillite. Malgré des taux d'intérêt de 30 % nets, personne ne veut du réal. Le plan d'austérité mis en place en 1994 n'a réussi qu'à saigner le pays. Les capitaux s'enfuient. Les usines, étranglées par ces taux astronomiques, ferment. Ford licencie en 1998 10 000 personnes. Les Brésiliens payent des taux d'intérêt effrayants sur 150 milliards de dollars de dette. Rassurons-nous : les 41 milliards avancés par le FMI (une dizaine sont déjà débloqués) serviront à rembourser les banques du Nord qui en ont prêté 51. Tout le monde est d'accord pour dire que la gestion du Fonds est catastrophique. Mais le Fonds reviendra, avec toujours la même recette : laminer les classes moyennes, exploiter les pauvres, payer les riches.

Comment peut-on écouter, sans lui rire au nez, Camdessus, qui, après une brillante carrière comme tuteur des comptes des grandes banques françaises, est parti gérer ceux des pauvres d'Amérique latine, d'Asie et de Russie ?

Lorsque, à la fin septembre 1998, la Russie s'est effondrée, après l'Asie et l'Amérique latine, le FMI s'est tout de même décidé à publier un rapport[1] sur... le Japon. « Le fait que le Japon n'ait pas su répondre rapidement et clairement à ses problèmes économiques et financiers contribue à sa faiblesse intérieure », assène avec force le Fonds. Et, franchissant avec superbe la porte ouverte qu'il vient d'enfoncer, il invite le Japon et ses banques à se doter d'une « autorité de supervision financière indépendante et formée de gens compétents ». Tout dans ce

---

1. Le 21 septembre 1998.

« compétents ». Le Fonds s'y connaît. Lors de sa session d'octobre 1998, le FMI fait circuler un graphique, élémentaire, du genre de ceux que l'on donne aux lycéens de seconde afin de leur expliquer le circuit économique, mais en un peu plus simple [1]. Cela donne une idée du niveau de réflexion du FMI et de sa capacité à diriger l'économie mondiale. C'est un peu comme si on donnait à piloter un chasseur avec un poste à galène et une boussole à main. Mais le pire, c'est que Camdessus, dans le brouillard, même muni d'une boussole, confond le Nord et le Sud.

Ça vaut le coup de connaître Camdessus.

Il appartient à cette administration qui nous offre ces brillants gestionnaires de la trempe des Haberer, Trichet, et qui ont l'étonnante faculté de se contrôler les uns les autres en toute confiance réciproque et hermétiquement close. Les régimes passent, les trous se succèdent, l'ENA, l'Inspection et les hauts fonctionnaires des finances et du Trésor restent. Les grands corps gestionnaires de l'argent sont ceux qui ont le mieux réussi l'examen de passage de la collaboration. Pas un de ces « grands serviteurs », c'est le cas de le dire, ne s'est rebellé, tous ont payé rubis sur l'ongle l'occupant (du quart de la richesse française, tout de même) et tous ont eu des promotions, l'occupant parti. Camdessus, lui, en revanche, a réussi l'examen de passage de la gauche. Directeur du Trésor en 1982, il devient ensuite comme tout un chacun gouverneur de la Banque de France, puis succède en 1987 à un inspecteur des Finances (Larosière) à la tête du FMI. Catholique fervent, il est assidu des Semaines sociales de France, où l'on prie le Saint-Esprit et les dieux du marché. Il prêche la vertu, « la vertu qui est toujours venue de la contrainte extérieure [2] ». La contrainte extérieure est une catégorie géné-

---

1. Recopié par *Le Figaro* notamment.
2. *La Tribune,* 5 octobre 1997.

rale des oracles de l'économie, comme la « crise », la « confiance », la « rigueur » et autres ectoplasmes que l'on invoque avec ferveur ou terreur.

Le Mexique est un parangon de vertu. Le Mexique croit toute la science de Camdessus, et le Mexique est le bon pauvre au sens de Camdessus : il souffre depuis une génération, laisse ses prolétaires se faire saigner sans moufter pour fabriquer des voitures américaines, serre sa ceinture quand on lui dit de se la serrer, peine à rembourser les intérêts de sa dette, reçoit quelques rogatons du Fonds qui lui permettent de garder la tête hors de l'eau pour continuer à payer, exactement comme l'âne attaché à sa noria à qui on donne quelques grains pour qu'il continue à puiser.

Évidemment, de temps à autre, le Mexique tombe à genoux. Camdessus n'a jamais pressenti une crise mexicaine, mais est là, avec ses dollars et son eau bénite, pour le secourir. En décembre 1994, éberlué par la crise, il réussit à refiler 50 milliards de dollars au bon pauvre, c'est-à-dire à sauver les banques américaines et européennes créditrices du Mexique, qui leur fait passer illico les 50 milliards de dollars en question. En 1998, le Mexique tombe à nouveau. Ça vous a un petit côté christique qui doit plaire au cagot.

Outre la rigueur, le FMI en appelle à la « transparence ». « Transparence » est le mot le plus galvaudé du discours d'expert avec le mot « confiance ». Le FMI pousse ses pays membres à tout mettre sur la table, et notamment à publier leurs niveaux de réserves de change et à donner des indications sur l'endettement du secteur privé et des banques.

La transparence est au cœur de la concurrence : si je sais ce qui se pratique ailleurs, j'effectuerai des calculs rationnels d'investissement ou autre. L'équilibre de concurrence, avec toutes ses merveilleuses vertus d'efficacité et d'optimalité, suppose évidemment une « information parfaite ». Une boule de cristal. Tout se sait sur tout partout, et jusque dans les siècles des siècles. Encore le côté « divin » du concept de marché. Bref, dès qu'il y a un peu d'incertitude, tout se casse. Interviennent des situations de « risque moral » (le mauvais conducteur, inconnu de l'assureur, qui se conduit mal parce qu'il sait qu'il sera couvert par la collectivité des bons conducteurs ; si l'information était parfaite, le mauvais conducteur paierait d'emblée plus cher), d'inefficacité, d'absence d'équilibre [1], etc.

Or la caractéristique des économies modernes (et sans doute la caractéristique éternelle des économies) est l'opacité. L'argent noir, les comptabilités truquées, les pertes qui apparaissent soudain dans les bilans sans aucune raison, les secrets bancaires ou autres, les délits d'initiés : tout est opaque. Personne n'est capable de dire (et moins que quiconque le FMI) de combien sont plombés les « hedge funds », fonds spéculatifs qui misent cinquante à cent fois le capital qu'ils ne possèdent pas. Et que l'on réfléchisse un peu : si tout se savait sur tout (si la « transparence » existait) *personne ne ferait de profit*. Les profits n'existent, particulièrement en Bourse, que parce que l'on ne sait pas ce que font les autres : on anticipe, ce qui n'est pas pareil. Si l'économie était une boule de cristal, on saurait à tout instant où sont les opportunités de profit, la concurrence jouerait vraiment, et les profits seraient nuls. L'économie s'arrêterait. Il n'y aurait jamais de nouveaux produits, de nouveaux brevets, tout le monde saurait instantanément ce que tout le monde va faire, et personne ne ferait rien. La notion de « transparence » ou d'« information parfaite », au cœur du système de Walras, est certainement le fondement de l'« équilibre », où tout est mort, plus rien ne bouge, mais certainement aussi l'une des plus absurdes qui soit.

Dire « il faut plus de transparence » ou « il faut rétablir

---

[1]. Dont se délectent, on l'a vu, nos petits copains casuistes de la théorie des jeux.

la confiance », slogan si cher aux politiques, est sans valeur. C'est un vœu pieux. La piété du FMI est telle qu'il ne sait dire que ça. Il devrait d'ailleurs balayer devant sa porte : il refuse de publier le contenu de ses consultations avec ses pays membres. Mieux : il ne sait même pas combien il a en caisse. En septembre 1998, Camdessus a pleurniché auprès du Congrès américain qu'il n'avait que 4 ou 5 milliards de dollars en caisse ; le sénateur Jim Saxton, président de la commission économique conjointe du Congrès, après un bref audit, a facilement démontré qu'il en possédait encore 70.

Appelant à la « transparence » dans une jungle d'opacité, le FMI est un peu comme un colporteur de ventilateurs sous un bombardement au napalm. Il peut toujours appeler, ça ne mange pas de pain, surtout dans les pays où, grâce à lui, il n'y en a plus. Il a jeté une centaine de milliards de dollars en Asie, une douzaine en Russie, aussitôt récupérés par la mafia qui a changé ses roubles, c'est humain, et les a renvoyés aussitôt aux États-Unis. Il a provoqué une catastrophe monétaire (de l'essence balancée sur un incendie), et il glapit à la transparence, parce qu'il ne sait pas de combien il a fait plumer ses membres... Mais, pleurniche-t-il, Moscou avait promis de ne pas dévaluer sa monnaie pour obtenir les aides, et sitôt fait, il dévalue ! Oh ! Pas transparent tout ça ! En privé, paraît-il, pressentant leur ridicule, les experts du FMI désapprouvaient cette mascarade d'aide conditionnelle[1]...

Ce genre de courage n'est pas surprenant. Du courage d'expert. On sait, mais on le fait quand même. Il paraît même que Camdessus aurait envisagé de démissionner plutôt que de cautionner un nouvel échec... Quelle noblesse ! Quelle grandeur d'âme ! Mais peut-être le rameuteur à la transparence, le demandeur de clarté, est-il aveugle au point de se croire indispensable ? « C'est un peu comme si vous vouliez aller au travail en limousine,

---

1. Charles Wyplosz, dans *Libération*, 28 septembre 1998.

Le Fonds monétaire international et son clown en chef 77

alors que vous disposez seulement d'une bicyclette : le FMI est une bicyclette, mais c'est tout ce que nous avons » (Alan Greenspan, président de la Réserve Fédérale).

Soit. Mais que M. Camdessus baisse un peu la tête, au moins il aura l'air d'un coureur.

10

Camdessus a des états d'âme

Oui : la Russie, en échange d'un plan de sauvetage de 22 milliards de dollars, avait promis on ne sait trop quoi d'ailleurs (que pouvait-elle promettre ? recouvrer l'impôt ? elle ne peut pas, sauf à nationaliser la vodka, ce qu'elle vient de faire, sachant qu'il est difficile pour des gens à jeun d'aller boire au loin). Le FMI a débloqué une première tranche, la Russie a illico cessé de rembourser, et, ridiculisé, le FMI a déclaré, sobrement : « Le monde *(sic)* a réalisé que sur le plan économique la Russie pèse le poids des Pays-Bas. Il s'accommode donc du chaos pendant quelque temps[1]. » Et l'on voit mal ce que pourrait faire le FMI, sinon « s'accommoder du chaos ».

Leonid Albakine, conseiller d'Eltsine, a évalué la fuite des capitaux à 140 milliards de dollars depuis 1992, et cette noria incessante (le Fonds qui prête de l'argent qui vient se replacer aussitôt aux États-Unis) n'est pas sans rappeler celle qu'il avait mise en place dans les années 80, avec la Banque Mondiale, vers les pays d'Amérique latine ; en ce temps-là, on estimait que 70 % de l'aide était recyclée avec profit par les mafias et les spéculateurs de tout poil vers l'Occident ; cet argent repartait aussitôt faire

---

1. *Le Monde*, 14 octobre 1998.

son beurre en Amérique latine, puis revenait aux États-Unis, etc. Depuis, la Banque Mondiale a mis de l'eau dans son bourgogne. Elle qui finançait systématiquement les éléphants blancs est devenue plus prudente, a compris que son action était plus déstabilisante que développante (ruinant des secteurs vivriers et créant des bidonvilles) et qu'il fallait laisser les autochtones créer leur propre développement. Ce curieux virage antiproductiviste, un peu comme si le Crédit Agricole, en dehors de l'encouragement au lisier, commençait à s'intéresser à la vie dans les campagnes, a conduit les économistes de la Banque Mondiale à se détacher de l'orthodoxie économique, et, partant, à s'opposer à ceux du FMI. Joseph Stiglitz, chef des économistes de la Banque, a critiqué Michel Camdessus, chef du FMI, sur ses conceptions « étroites » (le mot est faible) en matière d'analyse de la crise internationale.

Joseph Stiglitz est un grand économiste [1]. En tout cas un peu plus qu'un énarque recyclé dans la comptabilité. Ce qui est frappant, c'est sa prudence. Il dit qu'on ne peut pas dire grand-chose. Que la souplesse et le pilotage à vue sont sans doute, en ces temps d'incertitude, ce qu'il y a de mieux. Avec de la modestie en plus. Mussa, chef des économistes du FMI, a accusé les économistes de la Banque Mondiale de « fumer des substances autres que légales ». Un grand économiste, ce Mussa.

Modeste, M. Camdessus l'est désormais. Lors du sauvetage de LTCM, il n'a rien dit. Or il s'est agi tout simplement de sauver la fortune personnelle des gourous milliardaires de la finance avides de grignoter quelques millions de dollars de plus. David Komansky, patron de la

---

[1]. On lui doit de très profondes recherches sur l'inefficacité des marchés et le « paradoxe de Stiglitz » démontrant l'impossibilité de marchés boursiers efficients. Voir « The Inefficiency of the Stock Market Equilibrium », *Review of Economic Studies,* vol. 64, n° 1, 1982, p. 241-262.

plus grande maison de courtage du monde, Merryl Lynch, James Cayne, patron de Bear Sterns, autre grande maison de Wall Street, Donald Marron, patron de la maison Paine Weber, y déposaient leurs 10 millions de dollars. Autant et plus d'autres personnes insatiables. L'année dernière, Meriwether lui-même, patron du fonds spéculatif, leur avait dit de se calmer et de retirer une partie de leurs billes. Ils avaient refusé et exigé du rendement. Au bord de la faillite, la Banque centrale américaine vint sauver les milliardaires. *Elle démontra exactement ce que Camdessus reproche aux pays « sous-développés »* : l'effrayante collusion entre la puissance publique et les gros intérêts privés. Entre Meriwether et les autres qui captent la manne publique et Suharto et sa famille qui captent la manne du FMI, il n'y a pas de différence. Où sont les donneurs de leçons ? Où est le « moraliste » Camdessus, qui appelle si facilement à la rigueur, à l'effort, et au pardon des offenses ?

Dans une interview au *Figaro*[1], M. Camdessus, retroussant ses lustrines, reconnaissait « avoir perdu la première manche ». Cette interview est un modèle de langue de bois économique. Et pas du bois noble, de l'aggloméré, de la sciure et de la poussière collées, et qui collent au cerveau. Tous les poncifs du discours expert y sont. En un sens, c'est un modèle de rhétorique experte, et il devrait être obligatoire de l'analyser dans les pouponnières à experts. À l'entrée de l'OCDE par exemple.

On y trouve le problème qui est « structurel mais aussi culturel », « le monde de plus en plus sophistiqué », « la nécessité de rétablir la confiance », le sempiternel appel à la « transparence », et les deux ou trois pièces fausses qu'on ne peut s'empêcher de refiler comme des boutons de chemise à la quête : la nécessaire flexibilité du travail (bougez, les pauvres, quoi, ne restez pas plantés sur vos

---

1. *Le Figaro*, 23 septembre 1998.

privilèges ! En avril 1998, avant toutes ses gabegies, Camdessus épinglait le « marché du travail français », appelant à un peu plus de flexibilité... Depuis combien de temps trône-t-il à son poste, celui qui veut flexibiliser autrui ?), l'apport des capitaux nécessaires au développement (remerciez les riches, quoi, ils vous apportent des capitaux ! faudra raconter ça en Amérique du Sud[1]), et puis, tout de même, un peu d'autosatisfaction : en tant que travailleur qui a bien bossé et qui a mérité un peu de considération, M. Camdessus voudrait qu'on le remercie pour « l'action en faveur des pauvres en Indonésie et en Corée, en démantelant les monopoles ». Surtout en Indonésie, où Suharto, on ne s'en lasse pas, fait tirer sur la foule après avoir engrangé la manne du FMI. Eh bien, « merci monsieur Camdessus » devrait être fourni comme calicot dans les prochaines manifs d'Indonésie.

Oh ! certes, le général des jésuites reconnaît que « le FMI n'avait pas prévu la violence du virus de la contagion de la crise asiatique sur les marchés financiers qui frappe aux endroits les plus inattendus [2] ». Virus, contagion, on sent le médecin de Molière sous la soutane. « Oui, nous avons fait des erreurs. Nous ne nous sommes pas occupés assez tôt d'informations concernant la circulation des capitaux à court terme... Nos États membres ne disposaient pas, tout simplement, d'une machinerie d'informations avant la crise. » Mais quel aveu ! Quel aveu ! En substance : nous ne savions pas mais agissions comme si... Et encore : « Nous aurions dû nous battre plus tôt pour la surveillance du secteur bancaire. » Mais pincez-moi... Si une banque des banques ne surveille pas, première chose, ses banques, que fait-elle ? Seulement du démarchage pour les maquignons qui traînent dans ses basques afin de récupérer tout ce qui

---

1. Ou en Asie où le développement fut autocentré, et où « les programmes restrictifs du FMI ont aggravé une récession déjà forte », CEPII (Centre d'études prospectives et d'informations internationales), rapport du 23 septembre 1998.

2. *Le Monde*, 5 octobre 1998.

est plus ou moins à la casse dans les pays émergents ? Camdessus a-t-il une autre activité que celle de ferrailleur du bien public à l'Est et au Sud ?

Va-t-il demander pardon ? C'est à la mode en ce moment. Non. Il rappelle qu'il avait tiré la sonnette d'alarme tout de suite après la crise mexicaine en 1990. Ah bon... Ouf ! On est rassurés ! Il avait tiré la sonnette, drelin-drelin...

Peu importe que le FMI révise trois fois ses prévisions de croissance en moins de six mois (de 3,7 à 3,1 puis à 2 %[1]), de toute façon ça n'a aucune importance. Réfléchissons un peu : si cela en avait vraiment, le FMI ne pourrait pas assener tout et son contraire (une énorme croissance et une faible croissance) à six mois d'intervalle. En fait, le FMI « renifle » la croissance parce qu'il sent les marchés en forme ; et il annonce la récession parce qu'il voit les marchés en déprime ; il peut ensuite claironner que les marchés suivent les frémissements de ses narines.

Le FMI peut donc persister et signer dans la cacophonie, comme le dit non sans un certain cynisme l'un de ses patrons[2], fier d'avoir « conseillé et aidé la Russie », c'est-à-dire la mafia. Il persiste dans sa vérité : l'État, encore une fois, s'est mal comporté. En l'occurrence, il n'a pas été assez l'État en ne recouvrant pas l'impôt. L'État, par nature, se comporte mal. Soit il prend trop d'impôt, soit pas assez. Exit l'État. Laissez donc faire les marchés. De toute façon, si vous les bridez, ils deviendront noirs : la menace du marché noir est l'argument ultime du libéral qui prétend que, tant qu'à faire, tant qu'à avoir du marché, autant l'avoir blanc. Bien sûr : laissez faire le commerce de l'alcool, des reins et des enfants, sinon il se fera tout de même et à prix prohibitif.

---

1. *La Tribune*, 1er octobre 1998.
2. Christian Brachet, « Le FMI persiste et signe », *Le Monde*, 16 septembre 1998.

Traité d'imbécile heureux, de crétin obstinément confiant, mis en cause enfin ! dans sa compétence, le FMI a songé qu'il fallait faire vite. Il a décidé de faire appel à une agence de communication (authentique). Après quoi il s'est relooké pessimiste. N'ayant pas vu la catastrophe venir et l'ayant reçue en pleine poire, il s'est mis à glapir que la suite allait être catastrophique. Après le séraphisme, on crie au loup. Désormais, tout est bon pour faire peur. « La zone Euro est vulnérable ! » Docte : « Le gouvernement russe a besoin d'une stratégie claire ! » Et les hommes aux potions magiques de tourner les talons après avoir recoiffé leurs entonnoirs.

Évidemment, le FMI s'est fait, à juste titre, traiter d'irresponsable. Aussitôt il est revenu en arrière : le risque de récession mondiale doit-il être considéré comme imminent ? demande-t-on au FMI. « Non », dit Michael Mussa, chef des économistes et directeur de la recherche au FMI – qui sait ce que ce brave homme doit chercher ? « Non, parce que le PIB mondial n'a pas reculé pendant trente ans. » Génial. S'il n'a pas reculé pendant trente ans, il peut bien tenir trente et un ans, CQFD. Vraiment, répétons, qu'est-ce que ce type peut bien chercher ? Ce M. Mussa ignore sans doute que le PIB de l'Indonésie, auquel il a prêté deux douzaines de milliards de dollars, a été divisé par quatre. Et la récession de plus de 10 % prévue par le FMI lui-même pour l'Asie, ce n'est pas de la récession ? Mais l'Asie n'est pas le monde. L'Indonésie non plus n'est pas le monde, simplement quelques agités sur qui la police tire. C'est la thèse stalinienne du « globalement positif » version FMI : le PIB du monde augmente. Peu importe que la richesse de quelques riches explose et la pauvreté de millions de pauvres s'accroisse, il suffit d'ajouter, de diviser par deux, et le FMI est content.

Pas toujours. Par exemple, il n'est pas vraiment content qu'on ait tiré sur la foule en Indonésie. Ces pauvres ne savent pas se tenir. « Je n'avais pas prévu que l'armée allait tirer sur la foule… En Indonésie, nous avons à faire face à un problème complètement nouveau[1]. » Nouveau ? Ah ? Allons, le FMI ! Un doigt de marché, une pincée d'équilibre, trois gouttes de rigueur, un zeste de privatisation et trois cents grammes de confiance, et tout ira mieux, vous verrez les larmes sécher et les sourires revenir. Eh oui : « Rien n'est plus social que ce que nous faisons. Rien n'est plus important, pour l'être humain, que le rétablissement des conditions de fonctionnement normal d'une économie. Rien n'est plus social que la stabilité[2]. » Authentique. Je jure que je n'ai pas changé une virgule.

On pleure ? On éclate d'un rire nerveux ? On réclame pour les assassinés de Djakarta un monument, avec en frontispice : « Aux morts pour les grands équilibres » ; non, encore mieux : « Aux morts pour les fondamentaux ». Les « fondamentaux »… En voilà de la métaphysique ! Peut-être sont-ils au paradis pour accueillir les misérables ?

Camdessus, Mussa et les « chercheurs » appellent désormais à un relâchement des politiques monétaires et aussi à un peu plus de pouvoir, et, j'imagine, d'argent pour eux-mêmes. C'est quand même incroyable ! Pendant des années, ces gens nous ont expliqué que la *rigueur* et patin et couffin amenaient la croissance et le calme. Et maintenant, que le *relâchement de la rigueur* amène la croissance et le calme. Trop de rigueur tue la rigueur, c'est ça, le FMI ? Mais pléthore d'ânes n'empêche pas de braire, comme on dit chez moi. Dans quelle science peut-on dire un jour que la Terre est ronde, le lendemain qu'elle est plate, ou, en substance, qu'elle est plate parce qu'un peu trop ronde ? Dans quel discours, sinon celui d'expert économique, peut-on s'autoriser d'une bouillie émaillée de statistiques révisées tous les trois mois au gré des humeurs ? Dans quel discours, sinon celui des Mussa,

---

1. Michel Camdessus à *La Tribune*, 26 juin 1998.
2. *Ibid.*

peut-on réclamer plus de pouvoir[1] et d'argent suite à une série d'inconséquences ? Par pitié, vite, nommez Haberer patron du FMI !

Mussa, les « chercheurs », les têtes d'œuf à gros salaires et grosses limousines, allez un jour dans un bidonville. Une heure même. Et réfléchissez aux « fondamentaux ».

---

1. Élargissement de son rôle à la surveillance des capitaux notamment. Ou encore récupération des pouvoirs de la Banque des Règlements internationaux en matière de surveillance des banques (ratios prudentiels, etc.).

11

Le vampire face à la glace

L'Ami (Accord multilatéral d'investissement), négocié en douce par les spadassins de l'OCDE au profit des multinationales, avait crevé, comme le vampire, d'apparaître à la lumière. L'histoire de l'Ami démontre que les experts de l'OCDE sont non seulement des incapables, mais des baudruches[1].

Camdessus à la radio, c'est aussi le vampire face au miroir, un vampire de type victorien.

Comme tous les victoriens, Camdessus en rajoute sur l'éthique, la morale. Personne ne fut aussi préoccupé des âmes que la reine Victoria, maîtresse d'un palefrenier, qui les faisait sortir des corps par les fusils de ses soldats dans les mines du pays de Galles ou dans les rues de Bombay. « Dieu » est écrit sur le dollar. Le capitalisme sauvage ne peut exister sans transcendance, et sans l'idée que les pauvres qui ont souffert toute une vie seront récompensés par quelques éternités de musique céleste ; et que les riches ont été les élus de Dieu sur terre – la preuve, ils pratiquent la charité, comme Camdessus. Il est probable que LTCM, le fonds spéculatif où les milliardaires américains placent leurs économies à 10 millions de dollars l'ouver-

---

1. Lire *Lumière sur l'Ami. Le test de Dracula,* Observatoire sur la mondialisation, 7/9 passage Dagorno, 75020 Paris.

ture de compte – pas moins –, n'existe que parce qu'un procureur, Kenneth Starr, mobilise les masses pour examiner à la loupe la braguette d'un président. Camdessus, prototype de ce que Lytton Strachey, l'ami de Keynes, appelait les « éminents victoriens » n'a de cesse d'affirmer qu'il n'a de compte à rendre de sa politique qu'à Dieu [1].

Sur France-Inter (20 octobre 1998), il est délicieusement affable. Il fait l'éloge de l'éthique et donc d'Amartya Sen, tout frais prix Nobel, « l'homme qui marie l'éthique et l'économie », comme lui. Camdessus sait-il que Sen est le grand spécialiste du théorème d'Arrow, le théorème sur lequel ont le plus écrit les économistes ? Non. A-t-il lu Sen ? Évidemment pas. Il ne reprendrait pas, pour illustrer Sen, la fable du boulanger et du boucher d'Adam Smith : « Ce n'est pas de la bienveillance du boucher, du marchand de bière ou du boulanger que nous attendons notre bonheur, mais bien du soin qu'ils apportent à leurs intérêts. Nous ne nous adressons pas à leur humanité mais à leur égoïsme ; et ce n'est jamais de nos besoins que nous leur parlons, c'est toujours de leur avantage [2]. » Camdessus reprend exactement la fable de Smith, en disant à l'antenne : « Il faut que de l'égoïsme des États sorte l'intérêt du monde. » C'est l'a b c du libéralisme, le libéralisme en gros sabots, celui de la bêtise au cou de taureau. L'auteur de la « théorie des sentiments moraux », Adam Smith, moraliste, « même s'il remarquait que les échanges mutuellement avantageux sont très communs, n'indique pas que l'égoïsme à lui seul pouvait garantir une bonne société. *En réalité il affirmait précisément le contraire*. Il ne faisait pas dépendre le salut économique d'une motivation unique [3] ».

---

1. Voir, par exemple, son portrait dans *Libération*, janvier 1999.
2. Adam Smith, *Recherches sur la nature et les causes de la richesse des nations*, 1776, p. 105.
3. Amartya Sen, *Éthique et Économie*, Paris, PUF, 1987, p. 25. C'est moi qui souligne.

Sen, formé dans les écoles anglo-saxonnes, a de grandes difficultés à sortir de l'individualisme méthodologique (l'axiome selon lequel une société se ramène à une poussière d'individus, l'axiome qui fait horreur à tout anthropologue), mais il a le grand mérite de réfléchir à l'éthique, et ne pourrait jamais faire sienne cette assertion camdessienne : « Les États doivent être des monstres froids intelligents. » La pensée libérale de Camdessus est à Smith ce que devait être celle du chef d'un bâtiment du goulag à Karl Marx : un peu simplificatrice.

Camdessus se défend néanmoins courageusement : la crise ? La faute aux autres ! Aux Banques centrales qui n'ont pas su baisser leurs taux d'intérêt, aux Japonais qui ne veulent pas mettre de l'ordre, et au Congrès américain qui ne veut pas lui donner assez d'argent pour qu'il puisse le dilapider en paix à droite et à gauche.

« L'équipe des économistes du FMI est la meilleure du monde. Il est normal que le monde s'offre ça. » De la part d'un cancre en économie, qui visiblement n'a pas lu Adam Smith et ne sait pas ce que c'est qu'un marché, c'est pas mal... Donc l'équipe la meilleure du monde, au moment de la crise asiatique, s'est réunie pendant deux jours. « Une retraite de deux jours à Washington. » Retraite... Chassez le curé, il revient la soutane entre les dents. Pendant cette « retraite », les « gourous économiques *(sic)* » ont diagnostiqué les responsabilités. La faute à qui ? Aux pauvres tiens donc : « D'où vient la crise asiatique ? De ce que la Thaïlande et la Corée n'ont pas reconnu qu'elles étaient au bord du gouffre... Elles auraient dû dire la vérité aux marchés. »

Eh oui ! Tous ces malheureux spéculateurs, banques américaines et européennes en tête, qui ont balancé de la liquidité à pleine louche là-bas pour la rapatrier aussi sec dès que ça sentait le roussi (la fuite vers la « qualité »...), auraient dû être informés, tout de même, des risques qu'ils prenaient à bousiller les économies locales... C'est pas bien de pas avoir assez montré que vous étiez des pauvres, les pauvres... Dis la vérité au monsieur... Dis la

Le vampire face à la glace

vérité aux marchés ! « Les marchés doivent être rassurés ! »

Omnipotence, omniprésence des marchés, qui doivent être rassurés, cajolés, adorés, aimés, bercés, pauvres inquiets... Pauvres milliardaires de LTCM, inquiets comme les chevreuils au moindre souffle d'air dans les buissons... « Le capital est peureux comme un chevreuil » (Karl Marx).

Rassurez-nous, les pauvres, dites-nous que vous serez toujours de bons pauvres, sinon on vous enverra Suharto et la troupe, comme autrefois on envoyait la troupe de la reine Victoria. Et Camdessus d'en rajouter pendant une dizaine de minutes sur la « confiance » et... la « transparence ».

Encore cette « transparence » ! Ami lecteur, pardonnez-moi, je vais finir par radoter, mais les mots religieux de « confiance » et de « transparence » me rendent malade.

Camdessus ignore-t-il vraiment qu'un marché ne fonctionne que sur l'anticipation, c'est-à-dire sur l'opacité, la qualité d'initié, que l'on ne peut faire fortune que si l'on « devine, au milieu de la foule, avant les autres ce que la foule va faire » (Keynes) ? Est-il possible qu'il n'ait pas la moindre idée, à ce point, de la réalité des marchés ? « Transparence »... Quand j'entends le mot transparence à propos d'un système où l'opacité est le principe de fonctionnement, je sors mon paquet de bonbons et ma barbe de Père Noël.

« Transparence »... L'utopie libérale du profit nul et du système qui profite entièrement au consommateur... Monsieur Camdessus, si vous voulez un peu de profit, il faut qu'il y ait de l'opacité, du trouble, du bruit, de l'information que certains ont et d'autres non. Voilà deux cents ans que le capitalisme fonctionne sur la gestion du risque et l'anticipation... « Le tempérament sanguin des entrepreneurs », disait Keynes, qui savait pertinemment qu'il n'y a aucune différence entre un entrepreneur et un spéculateur, qu'ils sont du même bois dont on fait les meubles rares d'un côté et les matraques de l'autre...

« Transparence... » Êtes-vous naïf à ce point ? Naïf pour réclamer une « meilleure gestion des risques » et des mesures pour « rassurer les anticipations », toutes ces tartes à la crème qu'il faudra bien un jour qu'on vous balance à la figure – c'est sucré et ça fait pas mal ! Ne savez-vous pas que les marchés dérivés, les marchés spéculatifs et soi-disant gestionnaires des risques, sont des empilages de spéculation sur de la spéculation ? De la spéculation censée diminuer de la spéculation ? Ne savez-vous pas que ces marchés ajoutent de l'incertitude à du risque et, au-delà, de la spéculation à de l'incertitude ? Et qu'ils ne vivent que de ça ? Mais sortez un peu de votre trou ! Lisez un peu ! Lisez Maurice Allais dans *Le Figaro*[1] puisque vous aimez les prix Nobel ! Lisez Sen, qui vous expliquera – essaiera de vous expliquer, tellement c'est difficile – ce qu'est la complexité de l'interdépendance... Et vous n'oserez plus raconter la fable de la « transparence ».

Mais êtes-vous si nul ? Et si, au fond, vous saviez, et n'étiez là que pour endormir les personnes crédules, ce qu'ont fait vos prédécesseurs dans les églises pendant des siècles ? Si vous n'étiez qu'un type qui sait et qui se tait ? Non. Vous êtes le libéral lambda, le crétin qui croit à la loi de l'offre et de la demande comme le coco de Billancourt « croyait » à la lutte des classes – « tout ça c'est la faute à la lutte des classes, Marcel ; tout ça c'est la faute à pas assez de transparence, Mimile » – et ne voulait pas voir le goulag...

Et pourtant... Quand vous critiquez la taxe Tobin, vous utilisez la rhétorique réactionnaire la plus éculée (lisez Hirshman, vous y verrez votre portrait[2]). La taxe Tobin est un projet de taxation infime (0,1 %) des mouvements de capitaux sur les marchés monétaires : chaque fois que l'ar-

---

1. *Le Figaro*, 19 octobre 1998.
2. *Deux Siècles de rhétorique réactionnaire*, Paris, Fayard, 1979.

Le vampire face à la glace

gent est transformé de dollars en francs, l'impôt en prélève une petite part. Et quel argument utilisez-vous ? 1. Tobin (« que j'aime bien », on aime toujours bien ceux sur qui on va cracher) veut bien faire, mais comme tous les gens qui veulent bien faire, il va se planter. 2. Sa taxe ne marchera pas parce qu'il faudrait l'appliquer partout. « Or il y a tellement de paradis fiscaux… » Mais bien sûr, Camdessus ! Il y a tellement de criminels qu'il est absurde de vouloir lutter contre le crime, n'est-ce pas ? Qu'est-ce que ce « socialisme », ce mondialisme soudain, Camdessus ? C'est parce qu'on ne peut attraper celui qui a tué dix personnes qu'il faut surtout laisser en paix celui qui en trucide deux ? C'est au nom de la liberté du petit épargnant, qui place ses 100 euros en caisse d'épargne, que vous ne voulez pas prendre le risque de faire peur à celui qui place ses 10 millions de dollars dans LTCM ?

« Moi qui ai lutté contre la spéculation » – on s'en souvient ! brillant vous fûtes ! quand vous conseillâtes à Mauroy des taux d'intérêt à 20 % ! Quelle bêtise ! Quel crime ! – donc : « Moi qui ai lutté contre la spéculation, je sais qu'il faudrait de la taxation de 300 ou 400 % et non pas 0,1 %… »

Donc si la taxe Tobin ne peut pas fonctionner, c'est parce qu'elle n'est pas assez forte, c'est bien ça que vous voulez dire ? C'est pas du 0,1 % qu'il faudrait mais du 400 % ?

Vieille rhétorique réactionnaire de l'impuissance ! Il faudrait au moins la bombe atomique, alors n'utilisons pas de matraque… Laissons faire. Qui a intérêt à ce qu'on laisse faire, Camdessus ? Qui a intérêt à la « fin de l'Histoire » ? Staline avait-il vraiment intérêt à ce que la nécessité historique du socialisme, la sienne, fût mise en cause ? Qui a intérêt à ce que la spéculation perdure ? Les milliardaires du LTCM ou les pauvres de Thaïlande ? Qui a intérêt, Camdessus, à ce que Camdessus reste éternellement à conter les beautés et les bontés du dieu Marché ? À qui profite le crime du marché ?

Attendez… Vous vous moquez de nous ? Vous vous foutez *(sic)* de nous, comme a enfin osé le dire un auditeur de France-Inter !

« Notre équipe d'économistes est la meilleure du monde », bégaye une seconde fois en guise de réponse, un peu désarçonné, le meilleur des meilleurs économistes. « Nos économistes ont fait merveille en Russie. » Niais ? Cynique ? Un autre auditeur, excédé, lui demande s'il n'est pas un peu gêné d'avoir jeté tant d'argent dans les poches de la mafia russe. « Quand j'apprends que la mafia russe dépense sans compter sur la Riviera, ça ne me fait pas plaisir... » Et quand les milliardaires de LTCM, qui ont perdu en spéculant, se font refinancer par les banques de monsieur Tout-le-Monde, ça vous a fait plaisir ? C'est pas un peu la mafia, ça aussi, non ? La mafia avec pignon sur rue ? L'argent noir, la mafia... Tout ça le concerne peu. « Prouvez que la mafia a récupéré l'argent du FMI ! » rétorque-t-il soudain. Il a raison. Indémontrable. Introuvable, l'or du FMI. Déjà aux îles Caïman. On sait seulement que les riches sont plus riches et les pauvres plus pauvres. Amen.

Et comme il n'arrête pas de brandir la légitimité de son organisme à la botte, les 182 pays membres qui le mandatent pour faire sa politique désastreuse, un journaliste lui lance enfin, écœuré – et il faut un certain courage pour le faire en direct –, à l'antenne : « Ce que vous dites n'est pas vrai ! »

Vous êtes un menteur. Vous vous drapez dans la légitimité des 182 pays membres, exactement comme Bill Gates se drape dans la légitimité du petit actionnaire de l'Arkansas. Quelle effronterie, quand on y songe ! Vous prenez vraiment les gens pour des imbéciles. Vous savez bien que les droits de vote, comme dans une société anonyme, sont proportionnels à la puissance contributive des États ; que les États-Unis dominent le FMI (vous veniez juste de dire qu'ils avaient autorisé la hausse des quote-parts !) et vous donnent des ordres ; et vous, vous claquez les talons. Avec les meilleurs économistes, poupées ventriloques de vos donneurs d'ordres.

Allez : à confesse, monsieur Camdessus.

12

Les gars du charbon

Que peut-on demander aux « gars du charbon », ceux qui construisent la « réalité » économique avec des chiffres ? D'être lucides (ils le sont) et indépendants (ils ne le sont pas). C'est quasiment impossible. La « statistique », au croisement de l'autorité de l'État et de l'autorité de la science (le calcul des probabilités et l'économétrie), est née pour servir le Prince. Vichy a fait exploser la statistique en France, multipliant par dix le nombre des fonctionnaires du futur INSEE. La statistique classe, quadrille, met en cases, et surtout assomme sous une rhétorique glacée, froide, brutale, inébranlable, la rhétorique du chiffre.

La statistique euphémise le discours politique. La « neutralité » du chiffre renvoie à l'autorité scientifique, au discours « autorisé ». Le discours d'autorité n'est pas fait pour être compris, mais pour être reconnu. Pour faire peur. « Je ne comprends rien à l'économie, qui est quelque chose de très compliqué, et à tous ces chiffres qu'on m'assène. Or, M. Balladur (ou Strauss-Kahn, ou Tietmayer, rayez les mentions inutiles) m'assène des chiffres et je n'y comprends rien. Donc je peux lui faire confiance. » La peur est le commencement de la confiance dans les chefs. « Ne rentrons pas dans les détails, je pourrais vous citer des chiffres, c'est une question technique, cela nous conduirait trop loin... »

Et puis, quoi de plus clean qu'un chiffre ? Quoi de plus net, clean, rigoureux qu'un technicien qui vous sort ses chiffres devant le décor des sciences économiques, de la concurrence pure et parfaite et des sourires condescendants des Nobel réunis ? Comment nier la rigueur d'un économiste, clinquant de chiffres et de jargon ? La statistique est une forme d'apolitisme. Elle pervertit la politique par le perpétuel jeu de mots auquel se livre le pouvoir. Ne jamais dire « la guerre » pendant la guerre d'Algérie, mais le maintien de l'ordre [1]. Mieux vaut parler d'un taux que de la réalité de la souffrance du chômage. La statistique, avec le jargon économique, réalise le vieux rêve du pouvoir : tendre vers une élocution vide. « Toutes les théodicées politiques ont tiré parti du fait que les capacités génératives de la langue peuvent excéder les limites de l'intuition ou de la vérification empirique pour produire des discours formellement corrects mais sémantiquement vides [2]. » L'usage de l'économie et de la statistique permet de réaliser systématiquement cet abus de pouvoir : c'est compliqué et invérifiable. Toujours. Écoute, ne comprends rien et tais-toi.

Qui mieux que vous, les gars du charbon, les statisticiens, les professionnels du chiffre, savez que ce jargon faussement abscons est scandaleux, honteux, une insulte aux citoyens ?

Qui mieux que vous savez que vous êtes là pour construire un « espéranto économique », où tout se fond dans la grisaille et l'insipidité d'une pensée unique ? Pourquoi participer à ce langage du plus extraordinaire conformisme, que jamais dictature n'osa rêver, mais que

---

[1]. Quarante-cinq ans plus tard, l'expression « guerre d'Algérie » est enfin officiellement acceptée et inscrite sur les monuments aux morts. Quarante-cinq ans. Le pouvoir a peur, c'est le moins qu'on puisse dire.

[2]. Pierre Bourdieu, *Ce que parler veut dire,* Paris, Fayard, 1979, p. 20.

pressentirent les écrivains évidemment, Swift ou Orwell, avec sa « nov-langue », et son monde où « les fabuleuses statistiques continuaient à couler du télécran[1] ». Dès qu'un homme politique sort ses chiffres, on sait qu'il va endosser sa tenue camouflée : au lieu de parler du chômage, il va parler de 10,25 %. L'essence de la statistique étant le travestissement, on ne voit pas pourquoi le pouvoir s'en priverait : les chiffres sont les chiffres, la dure réalité des chiffres, c'est encore mieux que les « faits sont têtus » qui obligeait les hommes politiques à mentir sur les faits. Mais peut-on mentir sur un chiffre ? Qui ira vérifier ? Qui ira vérifier les sommes mirobolantes et les fabuleuses statistiques coulant du télécran ?

« Nous avons gagné la bataille de la production ! Les statistiques, maintenant complètes, du rendement dans tous les genres de produits de consommation montrent que le standard de vie s'élève de rien de moins que 20 % au-dessus de l'année dernière !... Les fabuleuses statistiques continuaient à couler du télécran. » Orwell, *1984*, et Huxley, *Le Meilleur des mondes* : l'optimum en statistiques.

Chers statisticiens... Vous n'en avez pas un peu marre de chanter jour après jour que la richesse s'accroît dans un monde de pauvreté, d'incroyable indigence culturelle, de laideur accablante, où des forçats traînent leur « richesse » (leur voiture) pour tuer le temps au milieu d'embouteillages dans des villes empoisonnées ?

« Une génération ne peut asservir à ses lois les générations futures » (article 28 de la Déclaration des droits de l'homme et du citoyen, préambule à la Constitution de 1793). Méditez l'article 28, chers statisticiens, dans un monde ignorant le futur. Osez utiliser votre outil statistique puissant, nécessaire, pour calculer la vraie richesse. Et non pour leurrer le citoyen.

---

1. George Orwell, *1984*, 1949.

On ne vous reprochera pas vos erreurs, qui relèvent du comique de répétition. Mais n'êtes-vous là que pour justifier le pouvoir, pour assurer la vérité du mensonge, pour démontrer que la réalité est fausse, ou que la vérité politique n'existe pas ? Alors, votre rôle n'est guère enviable, mais on ne peut vous le reprocher : une société ne peut exister sans magie ni fantasmagories ; et les fantasmagories statistiques ont la qualité de paraître scientifiques. Il est fascinant qu'on ne puisse se passer de chiffres et qu'*on ne les croie pas* : tout le caractère religieux de la statistique et de l'économie.

Pulcher, écrit Suétone, voyant les poulets sacrés refuser leur nourriture, les fit jeter dans la mer, sous prétexte qu'il leur fallait boire puisqu'ils ne voulaient pas manger. Vous jeter à la mer ! Non, bien sûr ! Mais que vous vous jetiez à l'eau, que vous disiez : « Voilà, on ne sait pas, mais on est obligés de fournir nos kilos de chiffres, comme d'autres leurs kilos de boulons, sinon on est virés. On est attelés à la chaîne statistique. On aimerait bien calculer autre chose, par exemple le vrai PIB, le PIB qui tiendrait compte de la destruction du paysage par Bouygues, et non le PIB qui raconte que Bouygues crée de la « richesse »… Nous savons bien que TF1 est plutôt de la pauvreté… Nous aimerions le dire. Nous n'osons pas. »

Osez, Joséphine.

Osez calculer des indices de pollution visuelle, sonore, des indices de pauvreté, de malheur, de bonheur. Keynes, l'un des esthètes de son temps, était fou de statistique. « Statistique et copulation », écrit-il à Lytton Strachey depuis les îles Orcades, où il passe sa lune de miel avec le peintre Duncan Grant. Aimez vos armes. Et utilisez-les contre vos maîtres.

Osez dire que vous ne savez pas. Ou très peu. Que vos modèles « sophistiqués » sont de vastes usines à gaz ingérables et que la règle de trois reste, après cent cinquante ans de statistique (si l'on remonte à Quételet), le *nec plus ultra* de la prévision.

Dites haut et fort, puisque vous êtes au charbon, que l'économie ne sera jamais une science expérimentale. Que vous pouvez construire n'importe quels « faits stylisés [1] » pour prouver le contraire de ce que vous prouviez auparavant. Dites haut et fort que vos modèles ne racontent que la voix de son maître. D'ailleurs, vous le dites [2].

« Les conjoncturistes disposent d'outils de plus en plus perfectionnés : indicateurs, enquêtes, comptes trimestriels. Pour autant les progrès de la prévision ne sont pas manifestes [3]. » C'est un euphémisme. La statistique et l'économétrie ont explosé, les instituts pullulent, et jamais le monde économique n'a été tant chiffré et si mal connu. La « transparence » réclamée par tout le monde est inexistante. L'explosion des hors bilans, de l'argent noir, l'impossibilité non pas de savoir, mais de subodorer les sommes gérées hors bilan par les banques (le triple ou le quadruple de ce qu'elles déclarent), démontrent, si besoin était, que le capitalisme ne peut exister que dans l'opacité. Cela aussi, il faut le dire.

Les commissaires au Plan français furent de grands utilisateurs de statistiques et d'experts. Tous ont dit que l'expertise était une farce, que les experts étaient là pour chanter les bonnes nouvelles. Commissaire Charpin : « Les modèles sont des "ventriloques" du gouvernement. » Commissaire Albert : « Il y a unanimité des politiques et des partenaires sociaux pour sommer les experts de leur annoncer de bonnes nouvelles. Cette exigence d'optimisme est encore plus forte de la part des opérateurs financiers : sur une Bourse, ce qu'on échange, ce ne

---

1. Dénomination, en jargon d'économètre, de la « réalité » économique construite par des chiffres.
2. Lire *L'Information économique et sociale aujourd'hui. Besoin, représentations, usages,* Colloque INSEE-CGT-CFDT, 14 février 1996, INSEE, 1998, Paris.
3. *Économie et statistique*, INSEE, novembre 1986.

sont pas des bien réels, mais des espérances. Il y a donc entre le marché de la politique et celui de la finance une alliance naturelle contre toute pensée économique "pessimiste". » Confiance, confiance ! L'expert est là pour chanter quelque chose de gai, d'entraînant. Le griot des sociétés africaines, qui chasse les esprits. L'orchestre du *Titanic*. « Plus près de toi, mon dieu Marché. »

Michel Albert démontre en plus, on ne lui en demandait pas tant, qu'en tant que chef des experts, il était encore plus nul qu'eux : « La science économique a fait des progrès *incommensurables* depuis les années 30 ! Imaginons qu'à l'époque on ne savait pas ce qu'était un taux de croissance ni même un revenu par tête ! » Souligné par l'auteur. On le renverra à Keynes et Harrod [1] (si par hasard il en avait entendu parler).

Le commissaire Guaino, en revanche, avait l'immense avantage d'être très attentif à la théorie économique, perdue dans ses incertitudes [2]. C'est pourquoi sa lucidité, en matière d'économie et de statistique, a quelque chose d'effrayant : « L'idéologie demande toujours à la science de garantir son système : le "politiquement correct" s'appuie sur la statistique et la comptabilité. Stratégie efficace : sur le bruit de fond planétaire, dans le temps réel et la pression médiatique de la société de l'information, le chiffre s'impose comme le meilleur argument. Dictature pesante : au fur et à mesure que son importance augmente, le chiffre est de moins en moins fiable, etc. »

Rhétorique du chiffre, dictature du chiffre… Le commissaire rappelle que le CERC, Centre d'études des revenus et des coûts, fut fermé pour avoir mesuré de trop près la croissance des inégalités et compté 11 millions de Français en situation de fragilité sociale… Rien n'est plus trompeur qu'une statistique de 12 % de chômeurs qui laisse croire à 88 % de privilégiés. Elle cache la forêt de

---

1. Inventeur précisément de la théorie de la croissance.
2. Il a animé en 1997 un séminaire sur « L'économie de l'information » auquel participait l'auteur.

la détresse, de la peur, de la précarité qui guette, de la menace de la déqualification. « Ça leur apprend la vie », comme disait un ponte de la statistique. Et puis, la détresse est probablement quelque chose de « qualitatif ».

Eh bien, calculez des indices de détresse, les gars du charbon : le temps passé dans des voitures à contempler, de contemplation obligatoire, les merveilleux « paysages » des centres commerciaux par exemple. Osez. Calculez l'évolution sur deux siècles de l'indice du malheur de la société française. Mortalité infantile et suicide des jeunes inclus. Vous serez surpris.

Ah ? Vous ne pouvez pas le faire ? Alors de quel droit calculez-vous des indices du bonheur à travers le PIB ?

13

Experts

Autant les savants avec leurs myosotis dans les oreilles et les statisticiens aux jolies brindilles dans les cheveux sont attendrissants, autant les experts, qui viennent conter l'avenir et les beautés et les bontés du marché, sont insupportables.

En économie comme partout, l'expert est le raté ou le paresseux de la profession. Si quelqu'un ne réussit pas quelque part, il peut toujours s'y faire expert, en mobilier, tableaux de maîtres, ou fluctuations boursières. L'expert n'est là que pour justifier celui qui le paye. Seul le falsificateur et l'ignorant, pour des raisons différentes, ont besoin de l'expert.

L'expert en économie utilise des modèles « sophistiqués ». Neuf fois sur dix il ne les connaît pas. Ensuite, seul un gogo croit qu'un modèle est sophistiqué. Un modèle est d'une logique désespérément simple, même si des milliers d'équations le font tourner comme un derviche, ce qui fait qu'il croule en général sous son poids comme un dinosaure, qu'il ne sert généralement à rien, et que c'est encore le doigt mouillé qui fait l'essentiel des prévisions : demandez à un conjoncturiste. Comment fait-on les prévisions ? À la bonne franquette. On réunit les dix patrons des instituts de prévision, qui tous utilisent le même modèle, on leur demande comment ils voient l'avenir, ils bafouillent, on prend la moyenne, et on ajoute un point, histoire de ne pas affoler le peuple. « Attention, j'ai un modèle sophistiqué ! » veut dire : taisez-vous, c'est compliqué, la machine sait, et vous n'y comprendrez rien. Quiconque utilisant « sophistiqué » dans un commentaire est un expert, autrement dit un sophiste – l'ironie en moins évidemment. Un modèle, pour Wassily Leontief (prix Nobel d'économie 1973) ou pour Gunnar Myrdal (prix Nobel d'économie 1974), est « garbage in, garbage out ». Lorsqu'on cuisine un petit peu les experts, comme la revue américaine *Science,* il apparaît que : 1. le contrôle scientifique est nul ; 2. les ordinateurs les plus gros sont toujours en deçà du plus maigre bon sens ; 3. les prévisions sont toujours fausses ; 4. tout le monde le sait.

C'est ce « tout le monde le sait » qui est fascinant, comme est fascinante la lucidité des experts sur eux-mêmes dès qu'on les pousse dans leurs retranchements. Car la grande nouveauté, dans l'utilisation des experts économiques, est qu'on les sort en public, non pour faire rire, ça viendra, *mais parce qu'on sait qu'ils se trompent.* Tous les journaux, tous les ans, à l'automne en général, font des petites simulations de croissance, de chômage, etc., en commentant : « Attention, ils ne sont pas d'accord, ils se sont toujours trompés, et ils vont encore se tromper. » L'accumulation des erreurs devient le signe de la bonne santé de la profession. Les experts ne sont pas là pour dire l'avenir, mais pour dire : « On est là, on n'a rien à dire, et de toute façon c'est faux. » C'est le seul moment où ils ne mentent pas. L'expert est une formule de politesse. Il sert à communiquer. Il est le petit cadeau pour faciliter les échanges, le bakchich, le don au sens de Mauss. Don contre-don, expert contre-expert : « Et votre expert, qu'est-ce qu'il en pense ? – Rien, et on s'en moque, et le vôtre ? »

Lorsque l'expert est insuffisant, ou trop pusillanime, on sort l'« oracle » ou le « gourou ». L'expert envie l'oracle, car celui-ci ne fait référence à rien. Ni à un savoir ni à une réalité, des données, des modèles, des statistiques ou autres choses ennuyeuses. Il se situe d'emblée dans l'Avenir, la Confiance et le Destin. Bref, la métaphysique. Comme à Delphes, « il ne dit pas mais fait signe ». À vous de vous démerder.

George Soros est un oracle. Il impressionnait beaucoup de monde parce qu'il avait spéculé contre la livre en 1992 et fait sortir celle-ci du SME, en gagnant une paire de milliards de dollars. On le prit un peu moins au sérieux quand on sut, en juillet 1998, qu'il s'était fait plumer de plus du double en spéculant contre le rouble. Peu importe. Il continue de dire l'avenir, qu'il ne voit pas plus qu'un autre, la preuve, il perd plus que les autres. Même ruiné, il expertisera toujours, ne serait-ce que sa propre ignorance, pourrait-il la vendre, une fois expertisée. Alors que l'expert est constamment ridicule, l'oracle est toujours ironique et solennel. Il ne commet plus d'erreurs. Il est l'horoscope, qui satisfait toujours tout le monde, l'amant et le cocu en même temps. Il sait qu'il ne sait rien, comme Socrate, sacré oracle de son temps, ou comme Friedman, Barre, Attali, d'autres qui se sont fait une spécialité de cette sorte d'« ignorance supérieure ».

Après les crises, les oracles pullulent comme champignons après la pluie. Ils avaient tous prédit la crise. À six mois ou trois ans près, mais ça n'est pas grave. On a besoin d'eux. On les sollicite. On va les chercher.

On va chercher Allais en 1987, après le krach, on le coiffe d'un chapeau pointu de devin, et on le ressort en 1998. Il dit la même chose, de bon sens, « que les arbres ne montent pas jusqu'au ciel ». Il ne prévoit rien : il fait de remarquables comparaisons historiques, point. Il donne la même analyse limpide de la crise de 1929, mais peu importe ; ce n'est pas sa capacité d'analyse historique que l'on met en scène, mais son côté vieux sage, vaguement sorcier et un peu loufoque : museler le système bancaire, interdire aux banques de créer de la monnaie, dire que la monnaie bancaire est de la « fausse monnaie », empêcher les banques de prêter à plus long terme que leurs fonds…

si les gens lisaient vraiment ce qu'écrit Allais, ils seraient stupéfaits !

Allais n'est pas un expert, mais un grand économiste. Il dit d'ailleurs quelque chose de très intéressant [1] : que l'un des plus grands économistes de l'histoire, Irving Fisher, a proposé une théorie du taux d'intérêt en tout point valable aujourd'hui, mais s'est à jamais ridiculisé en voulant jouer les devins. De lui la phrase « les actions ont atteint un plateau permanent » prononcée la veille du krach de 1929. Mais Keynes non plus ne voyait pas venir le krach. Et comme tous les économistes, en 1914, il pensait que la guerre ne durerait pas, les nations n'ayant pas les moyens de la payer... Au moins avait-il parfaitement conscience que l'avenir économique est à jamais invisible : « demain nous ne savons rien », phrase écrite en 1937, est la plus grande parole jamais sortie de bouche d'économiste, avec le célèbre « dans le long terme nous serons tous morts », qui proteste contre le « laissez-faire » et prend acte de l'irréversibilité des phénomènes économiques, à l'encontre de la réversibilité de l'équilibre du modèle de Walras [2]. On peut accuser Keynes de tout – de ne pas goûter les économètres bien que président de la société d'économétrie, de ne pas aimer Marx et de mépriser Walras, de détester Say et de révérer Montesquieu, d'avoir fait une préface « douteuse » à l'édition allemande de sa *Théorie générale* – mais pas d'être un « expert ».

Les experts et les oracles ont en commun avec les astrologues de se défendre de donner des prédictions trop précises (« Les astres inclinent mais ne contraignent pas », disent les astrologues). Ils retournent leur veste tous les jours, et tous les jours au nom de l'offre et de la demande. Sans doute justifieront-ils un jour la lutte contre la pollu-

---

1. *Le Figaro*, 11 octobre 1998.
2. La notion d'équilibre de marché au sens de Walras, avec des oscillations jusqu'au prix d'équilibre, implique la réversibilité du temps, comme dans la mécanique classique.

tion, comme ils défendent aujourd'hui maniaquement la surproduction et le droit de polluer. Ils justifieront la stabilité du travail au nom de sa productivité demain comme ils justifient aujourd'hui sa flexibilité au nom de l'efficacité. En fait, ils sont là pour justifier instantanément tout ce qui se fait.

Au fait… Puisqu'ils sont si malins… Puisqu'ils connaissent si bien les rouages de l'économie… pourquoi ne sont-ils pas plus riches ? Même Soros gagne ce que la Bourse gagne en moyenne, pas plus. Fière réponse de Jack Hirshleifer, nobélisable, auteur du manuel le plus vendu dans les universités américaines : « Oui, mais ils ne sont pas plus pauvres que les autres ! » C'est un peu démontrer le caractère scientifique de la physique par la capacité d'Einstein à faire du vélo. Aucun expert ne connaît jamais la date des seuils de retournement en Bourse, sinon il serait milliardaire : seuls les initiés, autrement dit les escrocs, peuvent anticiper les seuils.

L'économie est la « science » où l'on peut opposer deux experts, oracles ou gourous, comme dans un match de catch, avec tous les trucages et le côté farce évidemment. « Face-à-face Minc-Forrester ! la Science contre l'Émotion ! » « Et voici Sachs le Killer ! Grand apôtre de la dérégulation chez les pauvres pour les transformer en riches ! » « Et maintenant Sorman le Kid, le repenti du marché ! » « À ma droite Milton Friedman, à ma gauche John Kenneth Galbraith » (interview dans *Libé*) :

« Galbraith, croyez-vous à un krach ?

— Non ! J'avais prédit le premier. Je ne vois pas venir de krach avant *un bon moment (sic)*. En attendant, le dollar va baisser.

— Friedman, va-t-on vers un krach ?

— Non ! Quant au dollar, il va continuer à s'apprécier. Je ne sais pas combien de temps, mais pendant *un bon moment* » (re-*sic*).

À propos de seuil, quel est le seuil de tolérance aux experts ?

Experts

La Bourse est le lieu où l'expert étale toute son incompétence. La corporation des experts boursiers est la pire. Tantôt ces gens glapissent qu'une déclaration politique fait monter le dollar, tantôt (la même) qu'elle le fait baisser. Ils crient à l'embellie, à la frilosité, à la « surréaction », la « surinformation », au manque de transparence, et, quand tout va mal, sortent de leur manche la « correction technique » ou la « prise de bénéfices », qui ne veulent strictement rien dire, sinon qu'ils sont en plein brouillard et n'ont, précisément, rien à dire. Si l'on peut discuter de la frontière entre un escroc et un commerçant malchanceux pris la main dans le sac, il n'y a pas de frontière entre expert boursier et médium. Les deux sont dans la sorcellerie. Le vaudou. Le sorcier est un peu plus honnête : on le repère facilement, avec son slip en peau de léopard et son bâton orné de plumes.

L'oracle boursier, lui, drape sa nullité dans des chiffres et des courbes. Il trace des graphes sur son ordinateur qui sont des courbes de tendance, des « charts ». Il contemple toute cette tripaille bleue avec ravissement, comme autrefois les aruspices contemplaient les entrailles. Il fonde sa prévision, ce nigaud, sur l'idée que le passé se répète. Les « charts » ont engendré la corporation des chartistes. Comme tous les adeptes de sectes, ils sont convaincus de détenir la vérité, et de ce que leur monde est le monde réel, tandis que le monde réel est une illusion. Les chartistes sont des techniciens de la divination. Leurs graphes sont exactement les livres sibyllins que devins et oracles de l'Antiquité conservaient jalousement. La jalousie d'un chartiste est grande, car il est cocufié par la Bourse jour après jour. Mais il continue. Il interprète les courbes comme d'autres les arabesques des oiseaux dans le ciel. Peut-être est-il un rêveur... Les sibylles de l'Antiquité avaient en réserve, dans leur chapeau, « la part de l'imprévu ». Joli mot, non ? La part de l'imprévu, les experts boursiers l'appellent la « correction technique ». Chaque époque a la langue qu'elle mérite.

En théorie, les économistes, les vrais, ont depuis longtemps pulvérisé toute velléité de prévision sur un marché boursier, depuis, d'ailleurs, Keynes et son célèbre chapitre 12 de la *Théorie générale*, qu'on ne se lassera jamais de citer. Ils ont construit des modèles de prophéties autoréalisatrices, les modèles à taches solaires, pour montrer que la décision boursière était à la merci de n'importe quelle tache sur le soleil ou sur les joues avinées de tel homme d'État. Mais peu importe : on laisse braire. La Bourse est fiévreuse, mélancolique, languide, morose, agitée, nerveuse, déçue, elle s'enflamme, elle s'affole, et puis c'est le beau fixe, l'accalmie. Entre météorologie et médecine de Molière, l'expert pontifie. « Le krach ? Une saignée nécessaire ! » Pâtin, médecin raillé par Molière, estimait qu'on pouvait tirer jusqu'à la moitié du sang d'un être humain. Il s'entraînait sur des enfants et réussissait à ne pas les tuer toujours : la preuve qu'il était expert. Car l'expert économique bénéficie d'une incroyable faculté d'oubli et de pardon, qui trahit, au fond, qu'on ne prête aucun intérêt à ce qu'il dit. Le nuage de Tchernobyl qui longeait poliment la frontière française a discrédité les experts prostitués du CEA pour trois générations. On ne se souvient pas, en revanche, de ce que bavassait l'expert Trichet à la veille du krach de 1987.

C'est dommage.

Après s'être passé un peigne dans les cheveux et regardé dans un miroir, l'expert Trichet augurait brièvement de ce que « la Bourse avait de beaux jours devant elle ». Dès le surlendemain, il confirmait que « désormais la Bourse avait de *très* beaux jours devant elle ». Cet expert est celui qui n'a pas vu le trou du Crédit Lyonnais se creuser. C'est à lui que l'on confie la politique monétaire de la France, et sans doute un jour de l'Europe. N'importe quel étudiant de deuxième année de sciences économiques, qui a suivi un cours d'économie monétaire de niveau moyen, est capable de comprendre, en lisant ses interviews, qu'il ne connaît pas grand-chose à la monnaie, et, en tout cas, n'a aucune idée du fonctionnement d'une économie monétaire – à moins qu'il ne joue subtilement les incapables, comme autrefois les courtisans pour mieux leurrer les princes ? Il ne sait rien marmotter en dehors de deux ou trois slogans (« de l'équilibre ! », « réduisons la liquidité, réduisons ! »), un peu comme ces curés vieillissants qui radotent dans leur chasuble les quelques bribes de prières dont ils se souviennent. Avec le curé Camdessus, lui aussi chargé de vérifier les comptes du Crédit Lyonnais en son temps (ce fut brillant), il est un modèle d'incompétence péremptoire : sa politique de désinflation compétitive et du franc arrimé au mark, qui a coûté une génération de chômeurs, est indéfendable, et personne n'ose plus aujourd'hui la défendre, sauf Barre entre deux ronflements. Il n'est pas si vieux. Il est évident qu'il va expertiser encore pendant vingt ans.

Un économiste ne peut se faire expert.

P.-A. Samuelson a quelques notions d'économie, dans la tradition de la « physique sociale ». Comme Hicks, et comme lui contre Keynes, il a vainement tenté de montrer que le marché conduisait naturellement à l'équilibre. Il a lu Marx, qu'il a – que le barbu lui pardonne – mis en équations. Il a labouré Keynes. Il a lu Schumpeter. Il a inventé une catégorie de modèles, les modèles à générations imbriquées, qui sont une merveille de réflexion logique sur la nature de la monnaie[1]. Il est tout à fait qualifié pour dire que « rien n'est impossible dans une science aussi inexacte que l'économie ». Il plaisante ? Non. Quand on lui demanda, après un krach, de parler de la Bourse, il commença par se moquer des experts : « Aux hommes superstitieux, les coïncidences de mauvais augure semblent être patentes. Le krach de 29 se produisit également en octobre ! » Puis il eut ces mots d'une rare

---

1. Dont les promoteurs, en France, furent notre ministre Strauss-Kahn et son compère Kessler.

philosophie, à clouer d'émotion tous les piliers de bistrot : « La "confiance", en économie, forme un tissu solide, mais lorsqu'elle se trouve déchirée, on ne la raccommode qu'avec difficulté. La chute des marchés boursiers n'est qu'un préambule. À quoi ? Personne ne le sait. »

La « confiance »... Voilà le cœur de l'économie, comme celui de la guerre, du couple, de l'escalade en groupe, de la navigation en solitaire, de l'éducation des enfants et du dressage des pékinois. L'économie n'est que de la psychologie primaire. Merci Paul-Antoine. La confiance. Faites confiance. Aux experts, après tout. Pariez donc, pariez qu'ils ont raison : Pascal vous le proposa il y a longtemps.

14

Penseurs

L'économie a également ses penseurs, qui, comme tous les penseurs, se situent d'emblée dans la méta-métaphysique. Au-delà de l'idéalité, en quelque sorte. Ils proposent donc une série d'explications du monde, mais, comme pour leurs subordonnés, les économistes de terrain, le monde leur échappe.

Un des exemples les plus intéressants de pensée globale autant qu'erronée fut *Le Défi américain*[1] de JJSS, best-seller qui démontrait la toute-puissance arrogante et conquérante des États-Unis au moment précis où ceux-ci entraient en décadence et se faisaient tailler des croupières commerciales par l'Europe en attendant le Japon. Imaginons qu'un Allemand ait écrit *Le Défi de l'armée française et le génial général Gamelin,* en 1939, ou qu'un Américain ait écrit en 1995 *Le Défi japonais*. Ces livres auraient plus de pertinence que *Le Défi américain,* tissu de prévisions erronées et diffusées à plus d'un million d'exemplaires. C'est précisément le caractère millénariste et fantasmatique du *Défi américain*, une sorte de péril blanc plus vraisemblable car plus proche que le péril jaune, qui l'a fait vendre.

---

1. Jean-Jacques Servan-Schreiber, *Le Défi américain*, Paris, Denoël, 1967.

Alain Minc est le Servan-Schreiber de la génération suivante, en moins vendeur et plus gnangnan. En 1986, trois ans avant la chute du mur de Berlin, il publie *Le Syndrome finlandais*[1], livre aujourd'hui fort injustement oublié. La menace de l'Est sur des pays comme la France y était décrite avec beaucoup de conviction. Sans un énergique sursaut, la France allait passer sous la coupe de l'Est, c'était sûr. C'était même fatal. Nous allions subir le sort de la Finlande. Il y a deux ans, rebelote. Peu avant que le monde ne découvre, enfin ! l'inanité de la pensée libérale, son caractère fanatique, religieux, et finalement simpliste (« le libéralisme a réponse à tout et c'est la faute à pas assez de marché »), Alain Minc publiait *La Mondialisation heureuse*[2], où l'on picore des assertions du genre : « Les marchés ont toujours existé », ou encore : « Je ne sais pas si les marchés pensent juste, mais je sais qu'on ne peut pas penser contre les marchés » (on appréciera la subtilité logique du : « Je sais qu'on ne peut pas penser contre ce que je ne sais pas être capable d'une pensée »). Cet abandon extatique à la virtualité et aux mouvements hystériques du CAC 40 a quelque chose d'assez réjouissant. Enfin un penseur qui ose dire qu'il ne pense pas.

Dans un raisonnement admirable, du genre « plus rien n'empêchera désormais les poules de faire des œufs ou peut-être l'inverse », Jacques Attali, grand prêtre en son temps de la dérégulation financière et du slogan « les profits créent les emplois » (alors que le chômage crée les profits depuis vingt ans), explique aux lecteurs de *Paris-Match* que « Nous sommes un bateau ivre », merci Rimbaud. « Les marchés dictent la valeur des monnaies, organisent les échanges, favorisent le progrès économique et décident des modes de vie. » Mais comme les modes de vie, les consommateurs décident des marchés,

---

1. Alain Minc, *Le Syndrome finlandais*, Paris, Seuil, 1986.
2. Alain Minc, *La Mondialisation heureuse*, Paris, Plon, 1997.

on comprend bien que les marchés font les marchés ou le contraire. Et pour briser ce cercle vicieux, il appelle au courage de compléter la mondialisation des marchés par celle des institutions, c'est-à-dire, on devine, de le nommer, lui Attali, ex-génie de la BERD, à la tête d'un super-FMI. Se voit-il le Keynes des futures négociations du futur Bretton Woods ? En attendant il raconte, lui aussi, la fable de la coupure du réel et du monétaire (« on a laissé se développer une bulle financière sans aucune relation avec l'économie réelle ») que même Friedman, en ces temps magiques, n'ose plus sortir de son chapeau.

À quoi sert Attali ? Quelle est sa valeur d'usage ? Est-il un bien collectif, comme les phares, le trou d'ozone, Lady Di, l'air et la télé ? Oui. Comme la télé sans doute.

Jacques Attali ricane sur l'impossibilité du Japon de lever 1 000 milliards de dollars pour remettre en état ses banques (alors les experts ? C'est quoi le déficit bancaire japonais ? 600 millions ? 600 milliards ? 1 000 milliards ? Faudrait s'entendre ! On sait bien que les chiffres n'ont aucune importance, qu'il suffit d'en jeter quelques poignées aux lecteurs, comme du grain aux poules, mais tout de même ! Une telle différence !). Faisant sienne la vieille devise des preuves d'amour, il raconte que Greenspan, le patron de la Réserve Fédérale, après avoir raconté à la commission bancaire de la Chambre des représentants que le sauvetage de LTCM était nécessaire et que tout allait repartir – la confiance, la transparence, la croissance et la dérive des continents – s'est précipité pour vendre toutes ses actions personnelles. « Ne vous inquiétez pas ! » hurlait l'armateur du *Titanic*, en sautant dans un canot de sauvetage.

Ah, la métaphore du *Titanic* ! La crise a engendré un langage riche en métaphores, à la tête desquelles celle du naufrage. L'économie mondiale est le bateau qui sillonne l'océan des marchandises, la brume de l'euphorie ne permet pas de voir l'iceberg, les marchés dérivés qui sont des marchés d'assurances n'ont que l'efficacité de jumelles alors que des radars eussent permis d'éviter la collision, les caissons non étanches de l'un à l'autre sont les zones géographiques qui laissent passer la liquidité, Asie, Europe, Russie, Amérique du Nord, Amérique latine, et le tiers-monde, qui pâtit plus que les autres, est la troisième classe.

Certes, le *Titanic* est une métaphore du capitalisme. Et le Brésil, le Mexique, des pays qui font des efforts depuis une génération pour apurer leurs comptes et faire plaisir au FMI, c'est-à-dire rembourser les banques qui les ont jetés à l'eau sans bouée, voilà qu'ils sont submergés, punis au-delà de toute limite (leurs Bourses s'effondrent de 40, 50, 60 %, les capitaux s'enfuient de leur pays vers la « qualité »). Et alors ? N'ont-ils pas été « irrationnels » ? « imprévoyants » ? « déraisonnables » ? N'ont-ils pas acheté sans vergogne au lieu de rester à leur place ? Derrière le discours de la raison économique, derrière la rationalité et la stupidité brute d'un Stigler, indigne d'un scientifique – si la théorie ne cadre pas avec la réalité, c'est que la réalité est fausse –, se cache l'une des formes les plus éculées de la pensée réactionnaire : les bons, l'élite sont rationnels ; les mauvais, la masse sont irrationnels. Les marchés, eux, tel le Saint-Esprit, sanctionnent et sont « rationnels ». La dure et juste loi des marchés, comme disait l'autre.

Les marchands de salades économiques tirent autorité de la « rationalité » économique pour légitimer leur politique de construction des marchés, c'est-à-dire de destruction du collectif. Ils incarnent non seulement « la raison et la modernité, mais aussi le mouvement et le changement [qui] sont du côté des gouvernants, patrons ou "experts" ; la déraison et l'archaïsme, l'inertie et le conservatisme, [sont] du côté du peuple, des syndicats, des intellectuels critiques[1] ».

Ainsi, les doctrinaires du sabordage de l'État et de la

---

1. Pierre Bourdieu, *Contre-feux*, Paris, Liber, 1998.

contre-révolution libérale sont pour le « mouvement » contre l'« inertie », la « liberté » (des marchés) contre les barrières, le progrès contre les privilèges, la souplesse (la flexibilité d'autrui) contre les barrières (le corporatisme syndical, le SMIC, etc.). La liberté dans le libéralisme, l'universalité dans la mondialisation, l'efficacité dans l'anarchie sont les leurres d'une nouvelle religion temporelle.

Qu'est-ce que la « pensée » économique, sinon la rhétorique réactionnaire la plus plate et la plus éculée – les pauvres sont responsables de leur pauvreté, les pauvres sont des assistés, les pauvres sont des privilégiés, les lois sur les pauvres créent les pauvres qu'elles prétendent aider, etc. – servie sur un plateau d'argent et avec des gants blancs depuis que les maîtres d'hôtel des puissants existent ?

15

Économistes et journalistes

Les médias ont très vite compris tout le parti qu'ils pouvaient tirer de ce que la « science » économique était la seule où le débat soit quasi permanent, au sens d'interminable et scolastique. Imagine-t-on des physiciens disputant inlassablement, jour après jour, de la chute des corps et de la rondeur de la Terre ? En revanche, on voit bien des hommes de robe se quereller pendant quatre siècles sur le sexe des anges, la virginité de Marie ou la question de la grâce « immanente ». Et les médias ont parfaitement saisi toute l'opportunité commerciale et franchouillarde qu'il y avait à promouvoir le « libéralisme » économique, qui n'est qu'un poujadisme, une complainte permanente au manque d'« efficacité », une râlerie vague contre les « pesanteurs », les « archaïsmes », le « manque de souplesse », une bavasserie de beauf contre l'« impôt », le « fonctionnaire », le « planqué », le « privilégié », l'« escroc aux alloc et au RMI » et autres calembredaines niveau Mimile et pastis.

Ainsi *Libération* organise un « pour ou contre », genre bras de fer, sur la question : « L'économie malade de la finance ? » Comme toujours le libéral[1] explique que la crise vient d'un manque de libéralisme. C'est exactement, au-delà du poujadisme habituel, une position stalinienne :

---

1. *Libération*, 8 octobre 1998.

pourquoi ça allait mal, en Russie, camarades ? Parce qu'il n'y a pas assez de socialisme ! Dékoulakisez-moi tout ça ! En patois libéral-économique : « Libéralisez-moi un peu tout ça ! » On peut toujours trouver une entrave au libéralisme. Une règle, une coutume, un syndicat, un « corporatisme », un « privilège ». Mais le contraire d'une coutume est aussi une coutume. Ainsi le discours de l'économie, avec celui des rêves, peut-il s'offrir le principe de non-contradiction.

Petit exercice de fabrication de salades.

Microsoft est une entrave au libéralisme. Mais une barrière à Microsoft est aussi une entrave au libéralisme. Car Microsoft impose à ses concurrents plus de productivité. Après tout, un monopole n'a que l'inconvénient d'avoir été plus malin ou efficace. Une aide à Microsoft serait aussi une entrave au libéralisme. Cela dit, l'autorisation faite à Microsoft d'entrer sur un marché est aussi une entrave au libéralisme. Quoique l'entrée de Microsoft secouerait les puces, c'est le cas de le dire, à un marché somnolent. Or le démantèlement de Microsoft est aussi une entrave au libéralisme, car l'État n'intervient pas pour le bien commun, mais pour des lobbies qui veulent du mal à Microsoft (en son temps, Rockefeller était tombé sous le coup de lois antitrusts, parce que le lobby des pétroliers texans, encore mieux protégé que lui, voulait sa peau). D'ailleurs il n'y a pas plus grand parangon du libéralisme que Bill Gates, qui est convaincu qu'Internet dominé par Microsoft est l'expression de la démocratie.

L'avantage du discours de la « science » économique, c'est qu'on peut tout dire, exactement comme dans le discours stalinien, où la lutte des classes permettait d'expliquer la croissance, la décroissance, l'inflation, la désinflation et l'âge de la fille du capitaine. Dans le débat précité, notre libéral ergote que l'existence du FMI est un facteur de risque pour l'économie mondiale, parce que les acteurs se croient « assurés », mais, dix lignes plus loin, glapit qu'il faut évidemment une autorité supérieure pour que le système n'explose pas.

Il n'est pas une seule phrase économique, je dis bien pas une seule, qui ne puisse être renversée. On peut aussi bien dire les taux d'intérêt augmentent parce que la masse monétaire baisse que son contraire [1]. Et reconnaissons que les économistes sont habiles à mettre les réalités sens dessus dessous, certains avec humour, comme Milton Friedman ou Jacques Attali, avec leur petit côté « je me fous de vous » assez sympathique.

Les journaux se délectent du principe de non-contradiction. Toujours dans *Libé*, quatre économistes distingués se succèdent le lundi, l'un excipant de Normale sup, l'autre du MIT, un troisième d'un *Think Tank* de Genève, et le dernier, véritable stakhanoviste du concept, courant, lui et ses affidés, de colloque en revue savante en passant par tous les journaux de France et de Navarre (combien sont-ils à tenir la plume ? 20 ? 30 ?) et proposant une centaine de feuillets par semaine, pour la plupart excellents [2]. En général, l'article de nos quatre jongleurs est du genre : il faudrait un peu plus de libéralisme, mais attention, un peu de contrôle ne serait pas vraiment néfaste ; de toute façon, un mélange de contrôle et de libéralisme ne serait pas mal, quoique tout ça soit fort compliqué. Il est piquant de voir nos gourous changer au gré des fluctuations économiques, des cycles de l'opinion, et du marché du baratin. Quand l'« opinion » croit au libéralisme, ils sortent

---

1. Pour le contraire, on ajoutera un dé à coudre d'aléa.
2. Et quelques-uns bâclés. Dans *Libération* (5 octobre 1998) : « La désinflation conduit à une chute de l'activité économique, soit à cause d'une hausse des salaires réels, soit à cause d'une baisse des taux d'intérêt réels », ce qui est, exactement, une tautologie. Et quelques lignes plus loin : « les banques utilisent de la liquidité pour investir en titres publics, et non pour distribuer du crédit », comme si acheter des obligations n'était pas distribuer du crédit ! Ah, les aléas de la production journalistique de masse ! N'importe quel article de vulgarisation économique mériterait d'être disséqué et retourné comme une peau de lapin.

leurs badges « libéral ». Quand la méfiance s'installe, ils sont méfiants. Sardine dans le banc, ils frétillent à droite ou à gauche, et miroitent tous ensemble. Tel qui raconte un jour que la réduction des impôts des entreprises profite aux salariés (« ça crée des emplois ») contera le lendemain que les aides fiscales à l'emploi, c'est-à-dire la réduction d'impôt, incitent à virer les gens. Soumis à l'implacable loi de la productivité – il faut absolument du papier, du feuillet, sinon, dans le silence soudain, le monde va claquer des dents – ils offrent de la nourriture économique industrielle, de supermarché, destinée à une consommation de masse. Salée au début, sucrée à la fin, insipide au milieu.

On ne peut les accuser d'ignorer la complexité économique : sur un sujet aussi difficile que la spéculation, le vulgarisateur économique dira : « La confiance doit revenir », ce qui est à peu près du même tabac que : « Qui vivra verra », et « Demain est un autre jour ». Mais c'est le même[1] qui, dans un colloque, fera appel à 30 kilos implicites d'équations et un quintal de bibliographie pour arriver à une conclusion du genre : « La confiance doit revenir, et, faites-moi confiance, c'est compliqué. » La différence est extrême : ici on avoue son impuissance à un parterre complice d'impuissants (il n'y a jamais autant de connivence et de respect d'autrui que dans une assemblée d'économistes professionnels ; chacun sait bien que s'il s'amuse à dire, comme dans le conte : « Tu es en liquette ! » tous les autres hurleront, à juste titre : « Et toi, tu es en caleçon ! »), là on clame son autorité experte à un parterre d'ignorants, terrifiés, et sommés de l'accepter comme « vérité ».

La phrase que l'on répond toujours à un économiste est : « Oh, moi, je n'y comprends rien ! » On ne répond jamais cela à un physicien. N'importe quel être moyennement intelligent peut comprendre toute théorie phy-

---

1. Toujours Artus.

sique. C'est d'ailleurs la raison pour laquelle les ouvrages de vulgarisation physique sont passionnants et ont tant de succès. Les ouvrages d'économie, sauf polémiques ou historiques, n'ont aucun intérêt car, précisément, ils n'exposent pas de théorie, mais de vagues assertions peinturlurées à l'équation autour de : « C'est la loi de l'offre et de la demande. » Si vous écoutez un philosophe, un psychologue, ou un théologien, vous ne direz pas : « Oh ! je n'y comprends rien ! » Vous écouterez, et, en général, vous comprendrez. Et souvent serez émerveillés.

On ne peut qu'apprécier l'humour du journal *Le Monde* qui fait appel aux experts du Crédit Lyonnais pour expliquer, titre de la rubrique, « La mécanique de l'économie ». En l'occurrence, il s'agit d'experts qui ont un lourd passif de compétences. Mais, toute honte bue, et oubliés les 22 milliards de créances pourries qu'ils ont en Corée ou les 2 milliards qu'ils viennent de perdre la veille – pssschiit ! – en Russie sur les obligations, les experts expertisent. Donc les marchés attendent[1], les marchés font leur travail d'inventaire, les marchés font leur analyse et autres sornettes débitées des ignorants du marché qui ne donnent même plus envie d'éclater de rire ni de sourire. Mais dans ce fatras expert, on trouve quelques aveux désarmants. Ainsi celui porté sur la rhétorique statistique : « Le malheur vient que ces chiffres[2], et surtout leur contenu, varient en fonction même du jugement qui sera porté sur eux. »

Il faut méditer cette phrase, dont les auteurs ignorent la portée métaphysique. La valeur d'un chiffre, le contenu d'un chiffre, ce que veut dire un chiffre, dépend du jugement qu'on porte sur lui. On peut difficilement trouver meilleur exemple de connaissance autoréférée, bouclée

---

1. Et qu'est-ce qu'ils attendent, comme toujours, les marchés (*Le Monde*, 13 octobre 1998) : « plus de libéralisations, plus de privatisations, plus de réduction des déficits publics », bref, les marchés veulent plus de marché !
2. Il s'agit ici de chiffres d'endettement.

sur elle-même, se mordant la queue si l'on préfère. En français : si je suis expert, je veux un chiffre pour lui faire dire ce que j'ai eu, auparavant, envie de lui faire dire.

Heureusement, les statisticiens commencent à se poser des questions : « Statistique sans conscience n'est que ruine » est le titre d'un de leurs récents colloques. C'est un vrai réflexe de savant. Les experts, eux, n'ont pas ce genre de sentiment. Ils utilisent les chiffres comme d'autres la science, à des fins criminelles. De toute façon, ils n'ont pas le temps : ils sont en « temps réel », eux, comme le soulignent avec une candeur presque attendrissante les experts nourris aux contribuables du *Monde*.

Mais dès lors, lorsqu'on voit le comportement des experts et le comportement des économistes qui laissent abuser de leur autorité, comment ne pas pardonner aux journalistes de dire n'importe quoi ?

Sous le titre en une « La dure et juste loi des marchés financiers [1] », un journaliste va s'efforcer de démontrer que les marchés ne sont ni aveugles, ni égoïstes, grégaires, irrationnels, destructeurs, dangereux, antidémocratiques, tyranniques. Car ceux-ci sont « accusés en bloc d'avoir mis fin à l'expansion miraculeuse dans les pays asiatiques, plongé la Russie dans le chaos, menacé la croissance dans l'Amérique latine, modèle de vertu économique [2] ». Quel va être l'argument ? Notre homme va démontrer que la sanction financière n'est qu'une constatation de mauvaise santé économique. À preuve, la référence à l'autorité de l'incontournable Artus : « Comme le note Patrick Artus, la plupart des pays asiatiques souffraient de déséquilibres ou désordres divers rendant la crise financière inévitable. » Ce genre d'assertion se traduit exactement par : « Les pays sont en crise parce qu'ils sont en crise. » Passons sur les justifications libérales

---

1. *Le Monde*, 17 septembre 1998.
2. Entre parenthèses, le fait que le Mexique et autres vertueux de l'orthodoxie soient les cocus de la spéculation a un côté plutôt réjouissant.

qu'en déduit le tâcheron de l'économie la plus vulgarisée qui puisse être (« si le FMI n'était pas intervenu en Russie, les spéculateurs n'auraient pas autant spéculé »), et revenons sur le vieux sophisme : si ça marche mal en finance, c'est parce que ça marche mal en économie, auquel se réduisent les dix feuillets de l'article.

Keynes a passé sa vie à refermer cette porte ouverte que les libéraux enfoncent bataillon après bataillon. Artus peut être accusé de tout, de laisser abuser de son autorité par un plumitif, mais certainement pas d'ignorer la théorie monétaire et financière qui a pulvérisé depuis longtemps cette vieille séparation du « réel » et du « monétaire ». C'est vraiment lui faire affront que d'exciper de son savoir pour citer une banalité dont ne voudrait pas un abonné à la *Lettre libérale* d'Alain Madelin. Aglietta et Orléan, dans deux ouvrages magnifiques [1], et des milliers d'économistes après Keynes, et Patinkin, et Friedman lui-même, se sont posé la question des rapports du « réel » et du « monétaire ».

Si le journaliste a autorité sur le politique, qui doit se courber sous ses fourches (sinon il ne passe pas à la télé), il a super-autorité sur l'économiste qui doit se contenter, comme Artus, l'un des meilleurs théoriciens de la spéculation, de laisser dire : « S'il y a crise, mon vieux, c'est qu'il y a crise, tiens ! »

Alors, encore une fois, pourquoi, chers collègues, messieurs les savants, qui savez pertinemment que la plupart des questions économiques méritent dix pages de réflexion, avec, pour la plupart, une incertitude au bout, acceptez-vous de faire passer des slogans dans l'opinion ? Qui êtes-vous ? Des publicitaires – « nos emplettes sont nos emplois ! » formulation séguélienne de la théorie keynésienne de la relance –, des prête-noms, des militants

---

1. Michel Aglietta et André Orléan, *La Violence de la monnaie*, Paris, PUF, 1984 ; *La Monnaie souveraine*, Paris, Odile Jacob, 1998.

politiques, des coureurs de cacheton, des pigistes, des clowns dépités de voir que vos confrères de la météo font plus d'audience, des petites mains des journalistes, des employés de grandes entreprises ? Qui servez-vous, avant de ramasser quelques miettes du festin ? Des savants comme vous ou des pisse-copie qui « théorisent » sur les rapports du réel et du monétaire au lieu de se contenter d'interviews de Johnny Hallyday et de Pierre Botton ?

Les journalistes, au fond, méprisent les experts économiques.

Après la crise d'octobre 1998, les médias s'en donnent à cœur joie, comme toujours, contre ceux qui, comme toujours aussi, n'ont rien vu venir. *Le Canard enchaîné* publie un florilège de prévisions hilarantes faites le doigt sur la couture du pantalon ; les journalistes de la radio et de la télé content que, « bien entendu », personne n'a rien vu ni prévu, mais c'est reparti pour un tour, *Le Monde* offre un supplément sur la déconfiture experte et *La Tribune Desfossés* sonde avec la Sofres 140 professionnels [1] de la place de Paris, ce qui est un échantillon pratiquement exhaustif.

Fort honnêtement, *La Tribune* reconnaît que « l'évolution du baromètre est plutôt cruelle pour la communauté des analystes et des gérants », que « l'état déplorable des économies asiatiques, notamment japonaise, le rôle déstabilisateur de la Russie et la crainte de voir l'Amérique latine sombrer ont entraîné en un trimestre un changement à 180° des anticipations ». 180 degrés. Certes, « l'immense majorité des sondés fait confiance à Alan Greenspan ». Rien de très surprenant : c'est typique des troupes en débâcle, des gourous, des prêtres, et plus généralement des gens crédules et irrationnels : ils ont besoin d'un guide. Mais, se demande non sans malice *La Tribune*, « reste à savoir si la sagacité des experts interro-

---

[1]. *La Tribune Desfossés*, 29 septembre 1998.

gés sera une nouvelle fois prise en défaut ». Ah ! ah ! That is the question ! Ces gens qui toujours se trompent, on le sait d'expérience, vont-ils se tromper à nouveau ? Eh bien non ! « Les professionnels font le pari d'une reprise boursière. » Que pourraient-ils parier d'autre ? Une crise ? Les prêtres parient-ils que le paradis n'existe pas ? Les gens qui embarquent sur un bateau vont-ils parier qu'ils vont couler ? Les épargnants confieraient-ils leur argent à une personne qui pense qu'il ne faut pas entrer en Bourse ?

Et pourtant, si l'on regarde de plus près ce fameux sondage, on constate que, comme toujours, les « experts » affirment être dans le brouillard, sauf que cette fois le brouillard est un peu plus épais. 40 % croient, peut-être, que ça va s'arranger, 13 % sont bien sûrs que non, et le reste ne sait rien. L'un table sur l'euro fort, l'autre sur le dollar faible, un troisième sur un contexte plutôt favorable, et un inquiet sur un contexte plutôt défavorable. Tous s'accordent à dire que demain il fera jour.

La conclusion à *Marianne*, journal plein de fureur, qui lance une diatribe contre « les experts émérites, spécialistes patentés qui, repris en boucle par les médias dont ils sont les gourous, se couvrent du manteau de leur technicité pour mieux écraser le bon peuple sous le discours plombé de leur arrogance… Cet aveuglement doctrinaire, que protégeait et protège toujours une véritable muraille de certitudes béton, constituera sans doute, dans l'avenir, un cas d'école à l'usage des étudiants ». Brrr… Las, *Marianne* ajoute : « Tout était prévisible et ils n'ont rien prévu. » Hélas non, rien n'était prévisible, sinon que « les arbres ne montent pas jusqu'au ciel », comme on le redira avec Allais et le proverbe boursier. Le jour où l'on connaîtra la date des seuils, des retournements de tendance, des ruptures, des bifurcations ou des retours en arrière de l'Histoire, on connaîtra aussi le prochain numéro du Loto. Toutes les fortunes des gourous de la finance sont soit le fait de la chance (mais alors ils plongent tôt ou tard en sens inverse, le fameux « tôt ou tard » de la prévision boursière), soit, c'est plus fréquent, de comportements d'initiés : ils ont des informations privilégiées et font les marchés par les rumeurs qu'ils distillent. Deviner avant les autres : c'est ce qui sauva les premiers passagers du *Titanic* qui se décidèrent, enfin, à prendre les canots.

16

Économistes et politiques

Tous les économistes proches du pouvoir américain ont reconnu qu'ils ne servaient que de masques à faire rire les enfants. Phelps avec Nixon, Feldstein et Boskin avec Reagan (Boskin parlait d'« économie vaudoue » à propos des « Reaganomics »), Laffer avec Bush, Janet Yellen[1] avec Clinton, et Attali avec Mitterrand. Feldstein, dont on ne peut que respecter les travaux sur les systèmes de Sécurité sociale, inaugura l'ère de l'impuissance économique et du « nous ne savons rien, donc nous ne pouvons rien ». C'est honnête, modeste et noble. Rares sont les économistes qui depuis n'ont pas fait aveu d'ignorance.

Mis en place par Jospin, le Conseil d'analyse économique réunissant les meilleurs économistes de France, dirigés par un prévisionniste discret, se réunit pour plancher sur divers sujets de société (les fonds de pension, la taxe Tobin, la réduction du temps de travail). On se réunit, on échange le pour et le contre, et on se sépare en disant que tout ça est très compliqué. L'idée de créer un Conseil d'analyse économique est remarquable : plutôt que de

---

[1]. Présidente du Conseil d'analyse économique de Bill Clinton. Pas triste, dans son genre : « Une des leçons de la crise est que la confiance basée sur un système opaque peut conduire à de mauvaises décisions » (*Le Monde*, 3 novembre 1998). Alors, là, Janet, tu m'épates !

laisser tous ces gens raconter n'importe quoi dans les gazettes à droite et à gauche, stabilisons-les dans leur rôle de savants et on aura la paix. Au moins, évitera-t-on la traditionnelle cacophonie des querelles d'experts. Dans un Conseil d'analyse économique, tous ces économistes pressés de courir la pige redeviennent sages comme des images et retrouvent leur compétence : « Nous ne savons pas grand-chose et n'en pouvons mais. »

Dominique Strauss-Kahn est à la fois économiste et homme politique. À propos de la crise boursière de septembre, il a coiffé son chapeau de politique : « La situation ne contient plus aucune raison rationnelle de baisse des marchés [1]. » Immédiatement après, les marchés baissent. On ne peut accuser DSK d'avoir le réflexe économiste-libéral de « la réalité qui est fausse parce qu'elle ne colle pas avec la théorie qui est juste ». Comme l'économiste Aglietta, fin connaisseur, qui affirmait en même temps que lui que « la loi des marchés est fondamentalement irrationnelle », reprenant la thèse de l'« exubérance irrationnelle des marchés » d'Alan Greenspan, fin politique lui aussi, il sait bien que rien n'est tant irrationnel qu'un comportement humain en situation d'incertitude. Et comme Greenspan, il est l'un des plus grands pragmatiques et malins que l'économie mondiale ait connus. Une sorte d'anti-Trichet. DSK appelant à la « rationalité » des marchés, c'est Talleyrand appelant à la prière et pouffant à la fête de l'Être suprême. Il sait pertinemment que même si les « conditions objectives », les « fondamentaux » et autres calembredaines destinées aux gogos sont sains, les marchés réagiront – ou surréagiront pour jargonner économiste – de façon chaotique et brownienne. Et que plus on leur en donnera, de « rigueur », de « fondamentaux » et autres, plus ils en voudront.

---

[1]. À la sortie du G7, le 4 octobre 1998.

Pour comprendre la nature d'un expert et d'un véritable économiste, il faut assister à la conférence de presse hebdomadaire de DSK réservée aux journalistes économiques. Du nanan. Un vrai régal. Tous ratiocinent sur des chiffres, et DSK, qui sait bien qu'un chiffre « cache l'essentiel comme le bikini » (proverbe statisticien), en rajoute et pérore et débat et contre-argumente *ad nauseam* sur tous les chiffres. Et tu me contestes du 0,25 % ? Et je t'argumente sur du 0,24. Aucun de ces braves journalistes n'a la moindre idée du fonctionnement des modèles économétriques qui fournissent du chiffre comme d'autres machines du boudin au mètre, et le ministre peut se délecter sur la « précision », la « fiabilité », la « robustesse », l'« intervalle de confiance » et autres formules rhétoriques qui satisfont le journaleux mieux que le curé lambda une bénédiction du pape depuis sa papamobile.

Quand DSK veut éviter n'importe quel débat, il décrète, je cite, « coiffer sa casquette d'économiste », et se lance dans quelques raisonnements macroéconomiques, en vieil habitué des théories de List [1] quand il a un libéral en face ou de la doctrine de Hecksher-Ohlin-Samuelson [2] quand il a affaire à un protectionniste, raisonnant sur cinq ou six coups logiques d'avance, alors que le meilleur de ses interlocuteurs n'est capable que de raisonner sur un, voire deux coups d'avance. DSK sait que la science éco est la rhétorique des interdépendances, aux causalités infiniment entremêlées et ramifiées, et, comme les champions d'échecs, il est capable de développer un raisonnement sur des séries causales d'une longueur impressionnante. Jamais un expert ne le mettra en difficulté : DSK connaît l'économie et l'impasse dans laquelle l'a placée la « loi » de l'offre et de la demande, alors que les experts ignorent la nature même de cette loi, et, partant, ignorent ce dont ils parlent.

---

1. Théoricien du protectionnisme.
2. Théoriciens de la spécialisation internationale.

DSK peut parler dix heures d'affilée d'économie. Avec, au bout du compte, comme tout politique, la « confiance », la « transparence », et « tout va bien votez pour nous ».

Mais disant « tout va bien » en pleine tempête, DSK fait son boulot de capitaine. Il est pardonnable, tandis que Trichet ne l'est pas. Il ment en disant qu'il ne ment pas, comme tout homme politique. Trichet est-il coupable de sincérité ? De croire sincèrement à ses sornettes de désinflation compétitive ? C'est à craindre. Trichet est comme tous les ignorants de la théorie économique (qui, précisément, n'en est pas une, ce que sait fort bien DSK, grand théoricien en son temps des modèles à générations imbriquées[1]) et, plus généralement, comme tous les ignorants : dangereux. L'orthodoxie monétaire des années 30, forme d'ignorance comme tous les dogmatismes, coûta sans doute à la France – la dernière à abandonner l'étalon-or – sa crise la plus grave et peut-être sa débâcle. Trichet n'a même pas le côté sympathiquement camelot d'un Friedman ou VRP d'un Sorman, qui vendent leurs salades économiques comme d'autres des chaussettes. Il y croit. C'est tragique. À côté de cela, il est capable de fermer les yeux sur le maquillage des comptes du Crédit Lyonnais pour ne pas affoler le populo, comme d'autres feignaient d'ignorer le goulag pour ne pas désespérer Billancourt.

DSK a compris depuis fort longtemps – depuis ses chères études – que l'économie des politiques n'est que rhétorique destinée à lénifier et mettre en confiance. Il utilise l'économie pour vendre ses salades, mais au moins a-t-il l'excuse de la connaître sur le bout des doigts. La confiance se niche jusque dans le timbre de la voix, apaisant. Porte-parole de la confiance, il parle pour aplanir ou arrondir. Au-delà du discours de Barre ou Balladur, doloriste et catho (« il faut faire un effort, la rigueur, les Français doi-

---

[1]. Théorie très sophistiquée développée à l'origine par les prix Nobel Paul-Antoine Samuelson et Franco Modigliani.

vent faire des sacrifices »), des rodomontades mitterrandiennes (« c'est la guerre économique, les marchés sont des champs de bataille »), des appels à la croissance et des hymnes à l'entreprise du socialiste moyen, son économie est neutre afin de neutraliser. Dans un G7 il pianote sur son ordinateur, griffonne des équations pour s'amuser, envoie des fax à ses collaborateurs, et rappelle que « au-delà des apparences, chacun joue un rôle. Il ne faut pas se leurrer soi-même », ajoutant aussitôt, pour mieux se trahir, qu'« un G7 c'est sérieux. On y fait des choses qui engagent l'avenir, il ne s'agit pas d'y rigoler », ce qui montre assez qu'il y rigole, et que rien, dans un G7, sinon le fait de dire les chefs sont là, continuez on s'occupe de vous, n'engage l'avenir. Il dit aussi : « Si je n'avais pas fait de politique, j'aurais fait des maths. Dans l'informatique, dans les jeux mathématiques, dans les échecs, je trouve une satisfaction. » Qui n'a pas compris le côté ludique de l'économie mathématique n'a rien compris à l'économie. Comme les échecs, l'économie « théorique » ne sert à rien, sinon à jouer, DSK sait de quoi il parle, lui qui a manipulé les modèles les plus marrants parmi ceux qu'ait produits l'économie, où de vastes questions comme le Hasard, le Temps et l'Argent surgissent derrière le maquis des équations.

Raymond Barre utilise aussi l'économie pour vendre ses salades. Il est, paraît-il, un « expert économique de réputation internationale ». C'est du moins le titre dont l'affuble le magazine *Paris-Match*[1] qui s'y connaît. À peine moins que Valéry Giscard d'Estaing le décrétant « meilleur économiste de France », étiquette dont il ne s'est jamais vraiment remis. Laquelle vaut mieux ? La première ou la seconde ? Expert ou économiste ?

Raymond Barre revient du Japon et avoue qu'« une analyse lucide des diverses régions du monde s'impose », qu'il va nous livrer sans attendre. Deux pages d'un article

---

1. *Paris-Match*, 1er octobre 1998.

sobrement intitulé « Comment enrayer la première crise financière de l'économie mondialisée » et quelques portes ouvertes enfoncées plus loin on attend toujours, sachant néanmoins que « le rétablissement des équilibres ne peut se faire sans une récession économique » (saignez-moi ça, docteur Diafoirus, et n'oubliez pas le bâillon, sinon il va crier !) et que, comme l'a dit le directeur du FMI : « Il y a une crise au cœur de la crise asiatique : la crise japonaise. » Si le directeur l'a dit... Quant aux banques, dit l'expert international, elles sont plombées à hauteur de « 600 millions de dollars ». Un plan d'une centaine de millions de dollars ne serait pas mal. Quelques jours plus tard, le Japon vote un plan d'assainissement bancaire de 600 *milliards* de dollars. On n'est pas à un zéro près.

Il vaut de souligner cependant la relation barriste « rétablissement des équilibres-récession ». C'est toujours la même histoire, le plus éculé des radotages réactionnaires : ces pays avaient mal géré, ils sont punis (purgés, assainis) par la récession nécessaire. Il ne lui viendrait pas à l'idée une seconde que ce sont les banques du Nord, spéculatrices, qui ont un peu aidé à ces déséquilibres... Non. Comme les ménages pauvres surendettés, toujours responsables, les pays pauvres ne savent pas tenir un budget, et ils en demandent toujours plus. Raymond Barre est un adepte de la douleur rédemptrice. Et l'économie experte n'est pas loin de la religion.

17

Et Dieu dans tout ça ?

L'économie est un anesthésique du même tabac que le latin à l'église, et sans doute l'économie a-t-elle beaucoup gagné là où la religion a beaucoup perdu. Il y a un côté transique dans la prière commune, que l'on retrouve dans l'incantation économique à la Confiance chantée en canon dans toutes les réunions, du G7 ou d'ailleurs.

N'importe quel esprit un peu ouvert comprenait que le communisme était une « perversion de la rédemption des humbles[1] », une hérésie religieuse, mais une religion tout de même. Point n'est besoin d'être grand clerc pour voir dans l'économie orthodoxe, la loi de l'offre et de la demande et le libéralisme idéalisé une utopie, comme le communisme, et comme lui une religion avec ses fidèles, ses papes, ses inquisiteurs, ses sectes, son rituel, son latin (les maths), ses défroqués et peut-être un jour, rêvons, son Pascal et son Chateaubriand.

La « main invisible », ruse hégélienne de la raison, raison dominant la raison des hommes, est un avatar du Saint-Esprit. *Idem* le marché (son autre nom) omnipotent, omniprésent et ubiquitaire, être de raison supérieure, substance immanente et principe des êtres – « vous n'êtes

---

1. Alain Besançon, *La Confusion des langues*, Paris, Calmann-Lévy, 1978.

qu'un raisonnement coût-bénéfices[1] » –, cause transcendante créant le monde, et qui a tous les attributs de la divinité, y compris le destin : personne ne peut échapper au marché[2]. Il existait avant vous et existera après. Dès lors il est impossible de penser l'après-économie. Voilà pourquoi la fin de l'histoire, la *new economics* (la fin des cycles, vieille resucée libéralisée des croyances en la croissance optimale en vigueur dans l'après-guerre) sont indissociables du libéralisme. La fin de l'histoire arrange bigrement ceux qui ont le pouvoir. La fin de l'histoire, c'est bien si je suis en haut. L'éternité du marché, qui justifie la domination de quelques dizaines de milliardaires dont la fortune équivaut au PIB cumulé des cinquante pays les plus pauvres, ressortit au principe du droit divin. Le droit du marché est le droit du plus fort. Les dictateurs ont toujours cherché à justifier démocratiquement, par 98 % de oui, leur place.

Si l'économie est une religion, ce que pensent, finalement, beaucoup d'économistes ayant pignon sur colloque ou place dans les conseils du Prince (« L'économie est la religion de notre temps[3] », Serge Latouche ; « L'économie politique est la religion du capitalisme[4] », Michel Aglietta et André Orléan), indiscutablement le marché, sa divinité, a une certaine allure : la Raison, le Progrès, le Bonheur, la Démocratie et autres candidats fort acceptables à l'essence éternelle sont tous contenus en lui.

Le problème des religions c'est qu'elles engendrent les fanatismes, les sectes (on disait, à juste titre, dans les salons de Louis XV, la « secte des physiocrates », per-

---

1. Becker, prix Nobel.
2. « Les prix disent tout ce que nous savons et tout ce que nous ne savons pas » (Hayek, prix Nobel d'économie, 1974) ; comment ne pas lire dans cette phrase le mystère de la divinité ?
3. Serge Latouche, « L'économie dévoilée », *Autrement*, novembre 1995, p. 10.
4. Michel Aglietta et André Orléan, *La Violence de la monnaie*, *op. cit.*, p. 135.

sonnages qui se signalaient par leur arrogance et la complexité de leurs discours), les hétérodoxies, les papes, les gourous. L'École de Chicago est une secte, bornée à bouffer du foin, mais dangereuse et convaincante comme toutes les sectes. Les libertariens sont une secte, à peine plus sectaire que la précédente. Les chartistes sont une secte. La société du Mont-Pèlerin est une secte avec ses rites et ses cravates ornées du visage d'un douanier[1]. Les micro-économistes sont une secte. Les théoriciens de l'économie industrielle sont une secte, dont l'obscurantisme et le fanatisme donnent froid dans le dos. Il n'est pas difficile de repérer le taliban sous l'expert, et le fou de Dieu sous le fou de l'incitation[2].

Il y a aussi une manière rigoriste ou désinvolte de pratiquer, en trompant son monde et allant à confesse. Il y a les prêcheurs et les convertis. Les libéraux les plus fanatiques viennent souvent du marxisme, c'est-à-dire ont changé simplement de religion. On voit des abbés de cour, des Trissotin, des pères Duval ou des abbés Dubois, des Talleyrand qui clopinent et des chanteurs en grégorien, des beautés et bontés du marché. Mais le problème de la religion est qu'il est extrêmement difficile, lorsqu'on en a été nourri, de penser hors d'elle.

La pollution par exemple. La question de la pollution est dramatique, non pour l'achèvement, d'un coup de pelle mécanique dans la nuque, des quelques arpents de nature qui subsistent encore contre vents pestilentiels et marées noires, mais pour notre incapacité à penser la pollution autrement que par l'économie : ainsi le déchet (l'envers de la marchandise, de la richesse, son négatif) devient, en « science » économique, un bien, un produit ; et la pensée économique est la seule ayant le pouvoir de transformer un mal en bien. Le déchet, résidu d'un calcul

---

1. Adam Smith mourut douanier.
2. La « théorie des incitations » est une des composantes de l'« économie industrielle » : c'est, brièvement dit, une théorie de la carotte pour faire avancer l'âne.

coûts-avantages (d'un calcul de profit), ne peut être à son tour envisagé que comme un calcul coûts-avantages. C'est proprement tragique. Il n'y a pas d'au-delà de la pensée économique orthodoxe, qui se révèle ainsi comme un totalitarisme. Ce qui caractérise bien n'importe quelle religion où tout s'explique par Dieu, la lutte des classes ou le calcul économique.

Réfléchissons un peu : esthétique, rigueur, propreté... Ce syndrome WASP de l'économie... Ce culte de la virginité... C'est pas un peu de la contre-réforme, ça ? Le culte maladif, morbide, de la Vierge Marie fut inventé par la bourgeoisie au XIXe. Comment ne pas penser au dieu Marché et à la main invisible du Saint-Esprit ?...

Pareto popularisa, après Walras, le terme « économie pure ». Contre Marx, un peu cradingue, il écrivit un *Marxisme et économie pure*. Maurice Allais écrivit un *Traité d'économie pure*. Tout le travail de la science économique moderne est de racler, frotter, nettoyer, réécrire un peu le social en blanc. En transparent plutôt. Foin du riche et du pauvre, de la file de chômeurs, du bidonville, et de la mafia sur la Riviera : du calcul désormais. Paul Samuelson mit Marx en équations (c'est nettement plus rigoureux, plus clair ; et tant pis si on assassine puis embaume une pensée vivante). Lorsque Sir John Hicks (Nobel 1972) entreprend son ouvrage fondamental en 1939, destiné à poignarder dans le dos Keynes, décidément bien ennuyeux car parlant de la vie des hommes en société (et de quelle manière !), il ne prétend à rien d'autre, je cite, qu'à « un travail d'assainissement », lequel le conduira à... « la lumière nouvelle et pénétrante qui éclaire la scène ». Assainissement... Lumière nouvelle et pénétrante... On rêve !

Pardonnez-moi de citer *Des économistes au-dessus de tout soupçon* : « Ce culte de la lumière et de la pureté aboutit à une véritable mariologie économique, une idolâtrie de la virginité chantée dans le bruissement des équations. L'utilisation maniaque de la mathématique exprime cet amour marial. La mathématique préserve du contact, de la chair, du temporel. Celui-ci (la misère, le chômage, les PVD, l'argent, le luxe) ne peut être que l'œuvre du démon – Marx. Il ne peut avoir engendré Walras, qui, comme le marché, a tous les attributs de la divinité (principe et explication de toute chose, ubiquité, atemporalité)[1]... » Lorsque le professeur Milleron, patron de l'INSEE, réclame un article à ses collègues pour souhaiter un anniversaire à son collègue Malinvaud, ex-patron de l'INSEE, il ne pose « aucune contrainte autre que celle de forme... Aucune exigence, sinon celle de propreté[2] ». Quand j'entends le mot économie, je sors mon balai-brosse. Propreté des plages ? de l'air ? de l'eau ?

La dernière étape de cette science sous vide, aseptisée, lyophilisée, appartint donc à Gérard Debreu et à sa « Théorie axiomatique de la Valeur ». Toujours la vieille histoire de l'offre et de la demande, plus on la raconte plus on se marre, mais avec des ensembles convexes. Après Debreu, ce fut une véritable frénésie. Une danse de Saint-Guy. L'économie lévita. Elle commença à s'élever. *La religion de l'économie mathématique enfonça toutes les superstitions préexistantes.* Le triomphe du monothéisme sur ces bricoleurs de Grecs et d'Égyptiens. Le théorème de Debreu est la quatrième preuve de l'existence de dieu Walras, après les preuves cosmologique, téléologique et ontologique. Debreu a sectionné définitivement la racine ricardo-marxienne de l'économie. Il l'a élevée jusqu'à la pureté absolue, celle du vide.

Oui, mais à Debreu il faut tirer son chapeau. Il a avoué. Il a tiré toutes les conséquences de la mathématisation de l'économie. Il a avoué que sa science était morte et embaumée. Saint Gérard Debreu l'Apostat.

---

1. Albin Michel, 1990.
2. *Mélanges en l'honneur d'Edmond Malinvaud*, Paris, Economica, 1988, introduction.

Alors les économistes… Pourquoi ne pas revenir aux sources de l'économie… À la question du partage ? À la question fondamentale posée par Ricardo ? Pourquoi seulement 60 % du produit national aujourd'hui en salaires, contre 70 % il y a seulement vingt ans ? Que se passe-t-il, les économistes ? Qu'est devenu le virus capitalisme après sa dernière mutation ?

Au fait, les économistes… De quoi parlez-vous ?

Savez-vous que lorsqu'on a compris que la « science » économique était une religion, l'économie devient passionnante ? On peut l'aborder sous l'angle de la mathématique pure – rien n'est plus respectable que le plaisir pur du chercheur, détaché des contingences mercantiles, qui produit ses théorèmes de mathématique, mais qu'il ne les baptise pas lois économiques, par pitié ! Sous l'angle de l'histoire des faits, de la pensée, de la philosophie économique, de la comptabilité, de la statistique descriptive… De la rhétorique – comme il est amusant, alors, d'observer les travaux de couture des uns et des autres pour emmailloter plus ou moins habilement dans de la « science » leur idéologie !

La Révolution avait coupé le cordon religieux. C'est une nouvelle ère qui s'ouvre, avec la coupure du cordon de la religion économique.

Alors, les économistes… De quoi parlez-vous ? Du Saint-Esprit ou de la valeur ?

18

Qu'avez-vous fait de la maison ?

Économie, *oikos nomos*, gestion de la maison. Qu'avez-vous fait de la maison ? Qu'avez-vous fait de la maison, vous qui utilisez l'économie pour vendre des salades ?

Et de quoi parlez-vous ?

Mystère des langues de bois, dont on fait les matraques...

La vôtre est rude. Elle assomme mieux qu'une autre. Elle est d'ailleurs en passe d'acquérir le monopole du matraquage, en vertu d'une grande loi économique de l'épuisement de la concurrence par les monopoles. Vous avez monopolisé le discours politique. L'espéranto économique, la nov-langue règne sans partage. « Les mots démonétisés » (Aragon).

Tout, le sport, la culture, la religion, la médecine, l'éthique, la biologie, le droit, est pollué par l'offre et la demande. Partout, l'algue tueuse du coût et de l'efficacité.

Ricardo posait la question du partage, Marx celle de l'exploitation. Walras préféra poser celle de la valeur, et après lui tous les économistes : Pareto, Hicks, Debreu. La valeur, dirent-ils, est quelque chose de « subjectif ». Et les prix définissent la valeur. Seigneur ! Quelle chute ! Ramener la somptueuse valeur à un vulgaire prix ! « Tout ce qui a un prix n'a pas de valeur ! » (Nietzsche). Méditez, les économistes.

La « valeur »... Savez-vous vraiment ce qu'est la

valeur ? Avez-vous réfléchi au poids de ce mot que vous utilisez – moins souvent, il est vrai, vous préférez le mot « richesse ». La France de plus en plus riche, l'entreprise productrice de richesses... Vous croyez-vous sincèrement autorisés à utiliser le mot richesse ? Savez-vous que les déchets, la transformation des forêts en latérite, les bidonvilles qui ceinturent les villes à la place des campagnes, la dépense d'essence dans les embouteillages, la mutation de l'eau en poison, l'agrandissement du trou d'ozone sont de la « richesse » ? Savez-vous – bien sûr vous savez – que la mercantilisation de l'air, de l'eau, et des gaz à effet de serre que respirent les hommes est une création de « richesse » ? Car il y aura bientôt des marchés de gaz à effet de serre, avec une offre, une demande, des prix, donc de la richesse !

Savez-vous que plus l'eau devient rare, dégueulasse, donc chère, plus les hommes s'« enrichissent » dans votre système ? Que plus le monde est empoisonné, plus il est riche, par simple effet de rareté ?

Ô miracle de l'économie politique libérale qui sut transformer le mal en bien, le déchet en produit, appelant blanc ce qui était noir et richesse ce qui n'était que misère !

Au fait... Qui fait la richesse de votre arrogante industrie du tourisme ?... Notre-Dame, construite pour des pauvres, ou les entrées des villes, avec vos monuments à vous, construits également pour des pauvres, Leclerc et Castorama ?

Allons ! J'ai peine à croire que dans vos moments de lucidité, entre deux tranches de viande frelatée, deux lampées de fuel, et deux heures perdues à courir pour gagner cinq minutes de temps, ou quelques francs dans un mauvais article fourgué à un journal, vous ne réfléchissiez pas à la « richesse »... Pauvre richesse... Au fond, les économistes de l'équilibre et de l'offre et de la demande, les Walras et Pareto, ignorent tellement l'humanité qu'ils ont tenté de purifier l'économie politique, la vieille économie de Smith, Malthus, Ricardo et Marx, qui sentait la sueur du travail et le trop-plein de population, avec sa cohorte de famines, d'épidémies, de lèpres et de guerres – tiens... l'épidémie est revenue... quelle est votre théorie « économique » du sida, monsieur Gary Becker, prix Nobel d'économie, qui pensez que tout ce qui touche l'homme est économique ? J'attends votre explication « rationnelle » de la contamination. En termes de « coûts-bénéfices ». Passons. Smith, Malthus, Ricardo, et le père Marx, ça vous fleurait la mauvaise odeur du *Lumpen*, il fallait nettoyer en quelque sorte, aller vers le *clean*, l'éthéré, le « scientifique »... Débarrasser la science de ses miasmes, *the dismal science*, la science lugubre, comme on disait à propos des classiques anglais. Et la science du « diable », disait-on à propos de Marx...

« Si nous pouvions, en économie politique, laisser de côté cette terminologie damnée de la valeur, de la richesse, du revenu, du capital, mots si gros de vie latente, mais si corrompus par le péché originel[1] ! » Ah, don Miguel, l'homme le plus intelligent de son temps, à qui l'on jeta en plein amphithéâtre le sinistre « Vive la mort »... Comme vous compreniez les choses ! C'est exactement ce que voulurent faire Walras, Pareto et Debreu : purifier l'économie. La laver de toute corruption humaine. Quoi de plus net, *clean*, rigoureux, équilibré, qu'un mathématicien ne parlant pas de la vie des hommes, horreur ! mais de l'équilibre général ?

Alors les économistes... Pourquoi ne pas revenir aux sources de l'économie ?... À la question du partage ? À la question fondamentale posée par Ricardo ?

Et pourquoi ne pas réfléchir un peu ? Qu'est-ce que le virus capitalisme sous sa dernière mutation ? Qu'est-ce que ce capitalisme qui a transformé la lutte des classes en lutte des vieux contre les jeunes ?

---

1. Miguel de Unamuno, *L'Essence de l'Espagne*, Paris, Gallimard, « Les Essais », 1967, p. 31.

Alors la richesse, les économistes ?

Qu'est-ce que la richesse, au-delà de l'eau transformée en poison, de l'eau polluée transformée en eau pure, de la terre transformée en lisier ou du lisier transformé en engrais ?

Qui a réfléchi aux rapports entre éthique, esthétique et économie ? Personne. Si. Keynes. Son testament fut de prôner une économie seconde, subalterne, soumise à l'éthique et à l'esthétique... On est loin de la « relance par la consommation et la construction d'autoroutes » ! ! ! Pourquoi ne pas lire Keynes ? Et Smith ? Pourquoi ne pas revenir à la science économique comme « science morale » ?

Avez-vous réfléchi au fait qu'une civilisation comme Venise avait tout axé sur la beauté, alors que votre civilisation tellement puissante a tout fondé sur la laideur ? Pourquoi un bâtiment chargé d'abriter des trains est une merveille (Orsay) et un bâtiment chargé d'abriter des livres et des penseurs une abomination (la Très Grande Bibliothèque), une mauvaise copie de Sarcelles ? Vous êtes-vous promené sur le pont d'Austerlitz ? Regardez l'aval, Notre-Dame, et l'amont, Bercy, cette tour HLM allongée, hideuse... Bercy, allégorie de l'économie, nouvelle religion, contre Notre-Dame, allégorie de la vieille religion... Que de progrès et de « richesse », avec Bercy n'est-ce pas ?

Quelle est votre religion ? La productivité, la compétitivité, ou le bonheur ?

De quoi parlez-vous ? Du bonheur ? Alors dites : « Cette année, selon l'INSEE, l'augmentation prévue de bonheur sera de 2,75 %. En données corrigées de l'inflation, les hommes sont cent fois plus heureux qu'il y a cent cinquante ans. » Ensuite, allez vous promener avec vos étudiants dans le métro. Ou dans une banlieue. Ou dans les sinistres « beaux quartiers » où des vieillards traînent leur ennui et l'allongement de leur espérance de vie.

Mais le bonheur est-il l'allongement de l'espérance de

vie ? Alors dites-le, et allez vous promener dans un mouroir.

Mais peut-être parlez-vous du bien-être ? Alors, allez vous promener dans les supermarchés de salles de bains et d'électroménager pour penser et réfléchir, plutôt qu'au Louvre. Et si vous recevez chez vous, avant de servir votre viande aux anabolisants, offrez la contemplation de votre lave-vaisselle : vous avez mis tant d'heures à le conquérir ! Tant d'heures passées dans les embouteillages et derrière un bureau ! Tant de temps méritait d'être compensé par tant de bien-être, je le reconnais. Montaigne vous envie. Mais sans doute n'avez-vous plus le temps de lire Montaigne, vous qui passez votre vie à gagner du temps.

Et si la question que devaient désormais se poser les économistes était : « Qu'est-ce que la richesse, et comment la partager ? »

Mais peut-être votre religion est-elle la croissance ? Toujours plus ? Mais plus de quoi ? De logiciels pour décerveler ? De temps perdu à gagner sa vie ?

Qu'avez-vous fait de la maison, messieurs les économistes, vous qui étiez chargés d'aider à la gérer ? Qu'est devenue cette maison ? Êtes-vous fiers de sa façade ? En connaissez-vous toutes les pièces, les recoins ? Suffit-il d'accumuler des étages et des étages ?

Pourquoi ne réfléchissez-vous plus, messieurs les économistes ? Pourquoi avez-vous abandonné la maison aux voleurs et aux faiseurs de tags ?

Où êtes-vous, dans la maison, pendant que d'autres, en votre nom, la saccagent ?

Épilogue
À quoi servent les économistes ?

Si l'économie est la science du marché, ils ne servent à rien, on le savait depuis longtemps (depuis Keynes) et on en a la confirmation maintenant avec les plus ultras des orthodoxes (Debreu).

Si l'économie est une science qui prédit l'avenir, alors le plus grand économiste est Madame Soleil.

Si l'économie est la science qui ne sait parler que de la « confiance », alors le plus grand économiste est Freud. Si l'économie ne sait parler que de « transparence », alors les plus grands économistes sont des comptables, des policiers, des douaniers ou des juges.

Si l'économie est une religion, alors Camdessus en est le grand prêtre, mais le meilleur économiste restera Jean-Paul II.

Si l'économie n'est que ciné et bavardage, nombre de journalistes peuvent guigner la palme d'or.

Toute activité a une utilité sociale. Même les parasites ont une utilité : ils permettent de mettre en relief les gens dits « utiles ». De même qu'il n'y a pas de « nuisibles » en écologie – sauf dans les têtes vides des chasseurs – il est rare de ne pouvoir associer une utilité à une partie du corps social. La parabole de Saint-Simon, qui démontrait que la richesse de la France ne bougerait pas si on supprimait nombre de paresseux, de gens de plume et autres, est discutable, autant que l'inutilité du grec ancien et de la musique enseignés à l'Université. Alors... Quelle est l'utilité des casuistes de l'utilitarisme ?

Indiscutablement les « experts », les marchands de salades économiques ont une fonction d'exorcisme de l'avenir. Dans un monde sans religions, ils ont la même fonction que les gourous et les chefs de secte – et nombre d'entre eux cumulent les deux métiers. Ils jouent aussi le rôle de griots, de chamanes, ou de sorciers des tribus indiennes, qui parlent sans cesse pour éviter que le ciel ne tombe sur les têtes. Ils sont les conteurs intarissables des sociétés irrationnelles, crédules, analphabètes d'écriture et non de culture, mais sans doute plus sereines que les nôtres.

Mais les enfants de Smith, Marx et Keynes ? Sont-ils condamnés au rôle de sorcier, de grand prêtre, ou de gourou ?

Évidemment non. Ils peuvent dénoncer les marchands de salades, parler de la science économique, science humaine et non science dure, interroger l'Histoire, les civilisations, réfléchir sur la valeur et sur la richesse. Ils peuvent dénoncer l'efficacité et la productivité – ou, tout simplement, laisser ça aux gestionnaires des entreprises, ils sont payés pour ça ! – et revenir vers la psychologie, la sociologie, l'histoire, la philosophie. Réfléchir au travail. Au temps. À l'argent. Bref, revenir vers Smith, Keynes et Marx.

Ils peuvent aussi aller à la soupe et vendre leur belle science contre les lentilles de l'expertise, et se contenter du rôle du bouffon dont on se paye la poire deux fois par an au moment des projections de croissance, et tous les jours quand la mafia russe recycle les dollars qu'en toute fausse candeur ils lui ont prêtés.

Mais alors, qu'ils ne nous parlent pas de « fuite vers la qualité » ou de « correction technique » : qu'ils coiffent un bonnet pointu, chaussent un nez rouge, remuent les oreilles et se chatouillent sous les bras.

À quoi servaient les économistes, dira-t-on alors dans cent ans ? À faire rire.

Table

Préface à la présente édition 7

Prologue 11

1. Deux génies et un mécanicien 19
2. Ira-t-on cracher sur la tombe ? 27
3. *De profundis* 34
4. Jouissez sans entraves ! 37
5. Tragédie 44
6. Quand les papes abjurent… 49
7. La danse macabre 54
8. Merci Merton et Scholes 63
9. Le Fonds monétaire international
   et son clown en chef 71
10. Camdessus a des états d'âme 78
11. Le vampire face à la glace 86
12. Les gars du charbon 93
13. Experts 100
14. Penseurs 109
15. Économistes et journalistes 114
16. Économistes et politiques 124
17. Et Dieu dans tout ça ? 130
18. Qu'avez-vous fait de la maison ? 136

Épilogue : À quoi servent les économistes ? 141

RÉALISATION : PAO ÉDITIONS DU SEUIL
IMPRESSION : NORMANDIE ROTO S.A.S. À LONRAI
DÉPÔT LÉGAL : NOVEMBRE 2003. N° 59106-2 (033198)